REFLEKSJONER II
- i ord og ordspråk

George Manus

2.utgave

Forfatter: George Manus
Copyright: George Manus
Design og layout: Ole Praud
Illustrasjoner: Morten Løfberg
Copyright bokomslag: Jan Arnt

Trykk: BoD - Books on Demand, Norderstedt, Tyskland
Forlag: BoD - Books on Demand, København, Danmark (BoD.dk)
e-mail: george.manus@maxmanus.com

Andre bøker skrevet av George Manus

TANKER, norsk
THOUGHTS, engelsk

REFLEKSJONER I, norsk
REFLECTIONS I, engelsk

REFLECTIONS II, eneglsk

REFLEKSJONER III, norsk
REFLECTIONS III, engelsk

EN KVINNES MANGE FLYTTINGER, norsk
A WOMAN'S MANY MIGRATIONS, engelsk

CREATIONS and INNOVATIONS, engelsk

70 ÅR I KOMMUNIKASJON - om MAX MANUS firmaene, norsk
70 YEARS IN COMMUNICATION - about the MAX MANUS Companies, engelsk

2017

ISBN: 9788771884142

Forord

Disse "REFLEKSJONER II" er tilegnet mine barnebarn Oscar og Nicolas.

"REFLEKSJONER I" - som første gang ble trykket i et venneopplag tidlig i 2013- var en blanding av rene refleksjoner og korte historier. Kanskje burde jeg derfor ha splittet tekstene i to kategorier, men det ble som det ble, og jeg velger derfor å fortsette på samme måten med denne boken.

Refleksjonene tror jeg taler for seg selv.

De er subjektive og prisgitt det tidspunkt de ble skrevet på, og er derfor ikke holdbare referanser utover min oppfattelse i det øyeblikk de ble skrevet.

Når det gjelder historiene, vil jeg bemerke at de ofte skjedde for svært lenge siden, så jeg kan derfor ikke garantere at små detaljer og tidsangivelser til enhver tid er absolutt korrekte.

Jeg har presentert dem slik jeg erindrer dem.

For hvem er de skrevet? Svaret blir vel som for mine tidligere tekster at jeg først og fremst skriver til og for meg selv; men en bonus vil det selvfølgelig være hvis noen andre også finner glede i det jeg forteller.

For å gi den potensielle leser litt bakgrunnsstoff av mer personlig karakter, har jeg valgt å innlede denne boken med et ego-foredrag som jeg holdt i min Rotary Klubb i 1987, "Ingen fremtid uten en fortid".

Som tidligere takker jeg Anne Schild for hjelp med språket, Morten Løfberg for vignettene, Jan Arnt for fargeillustrasjonen til bokomslaget, samt min venn Ole Praud for verdifullt konsulentarbeide.

Syd Spania 2017
George Manus

e-mail: george.manus@maxmanus.com

Ingen fremtid uten en fortid

Ego-foredrag holdt i Furuset Rotary Klubb i 1987

Kjære Rotarianere og gjester.

En ufravikelig forutsetning for at man skal vokse opp er at man er født. Datoen ble den 14.5.1939, meget tidlig på morgenen. Som i alle mødres liv var det helt sikkert en stor begivenhet. Det gjelder vel her som i andre situasjoner: "De fleste kvinner føder barn, men det er bare meg som føder mitt", eller sakt på en annen måte: alle er seg selv nærmest.

Svært tynn var avkommet ifølge det som er blitt meg fortalt, men vi skal jo ikke alle være like.

Stedet for nedkomsten var det lokale sykehuset i Caterham, en forstad til London. Kort fortalt, det hadde seg nemlig slik at min morfar, fylkesmann Lindebrække i Bergen og Hordaland, mente at hans datter etter artium ved Bergens Katedralskole måtte lære språk. London ble stedet og året så vidt jeg vet 1933. Hva annet skjedde enn at hun traff den som senere skulle bli hennes mann. Han var engelsk, en av tre brødre og drev en familiebedrift som var etablert i 1885. Et såkalt Stevedor firma som stod for lossing av trevirke, blant annet fra alle skandinaviske land.

Bryllupet stod i 1936. De bygget hus i Caterham og selv om nok mye var stas, tror jeg nok at min mor generelt ikke fant seg særlig godt til rette som hjemmeværende husmor i England.

Hun kjørte sin mann til den lokale jernbanestasjonen hver morgen og hentet ham om ettermiddagen, etter at hun selv for det meste hadde fått dagen til å gå med bridgespill med likesinnede. Det var visst sånn man skulle leve der den gang, og engelskmenn er som vi vet konservative.

Jeg ble imidlertid som nevnt født i 1939. De tunge skyene over Europa som vi alle har hørt om var ekstra mørke, så mor flyttet tilbake til Norge sammen med meg.

Etter sigende var det tynne avkommet også meget sykt på dette tidspunkt. Legene var ikke helt sikre på hvilken sykdom jeg hadde, men at jeg skulle dø var det visst ingen tvil om. Medisinen som til slutt tok knekken på ondet, påstås å være prøvd for første gang i Norge på meg.

Dramatikk fra første stund og som om ikke det var nok, under et opphold i Ulvik i Hardanger ble familiens hotell Brakanes, skutt i brann av tyskerne.

Det gamle tre-hotellet brant ned til grunnen og barnevognen med meg i ble visstnok reddet ut i siste øyeblikk.

Min far meldte seg til tjeneste i Utenriksdepartementet etter at hans eldre bror var drept i Etiopia.

Importen av trevirke til England hadde stoppet opp på grunn av krigssituasjonen og firmaet ble innstilt.

Litt merkelig er det kanskje at han som offiser i et av Englands eldste regimenter, The Honourable Artillery Company, med den mangel det i den tid var på offiserer, ble overført som konsul til Haugesund. Men, han hadde rimelig godt kjennskap til Scandinavia og snakket også en del norsk. Formålet skulle blant annet være rapportering om de tyske flåtebevegelsene. Tyskerne kom, han trakk seg nordover og havnet til slutt i Åndalsnes, hvor huset han oppholdt seg fikk en fulltreffer av tyske bombefly.

Det er ikke lett å gjøre historien kort, men jeg skal prøve.

Han ble plukket ut av ruinene som en av de ikke overlevende, men noen må ha sett at det fremdeles var liv. Han ble sendt til Ålesund Sykehus, sterkt ramponert av metallsplinter i hodet.

Via Vollan fengsel i Trondheim ble han deretter av tyskerne overført til Møllergata 19 i Oslo.

Under ett av hans opphold på Ullevål Sykehus besøkte min mor ham og det var faktisk her hun for første gang fikk høre navnet Max Manus. Denne merkelige personen hadde flyktet fra sine vakter på samme sykehus natten før, etter først å ha slått ned en sykepleierske.

De kom til å treffe hverandre senere i livet og det er hevet over tvil at også mitt liv ble preget av dette møtet.

Min far ble gjennom sin diplomatiske status omsider utvekslet til Sverige og ble operert flere ganger av den kjente hjernekirurgen Olivenkrona. Metallsplintene ble fjernet, hvoretter han i lang tid var rekonvalesent på Saltsjøbaden utenfor Stockholm.

Mitt liv som gissel begynte etter at selveste Fehmer ga ordre til at mor måtte etterlate meg i Norge hvis hun selv ønsket å reise til Stockholm.

Min kjære tante Kari, mors søster, var på grunn av krigen flyttet fra Bergen til Ulvik i Hardanger. Hun ble min mor nummer to og var et menneske jeg satte enormt høyt. Dessverre døde hun for noen år siden. Mors bror, Sjur Lindebrække, gikk helt fra starten av inn i undergrunnsbevegelsen, mens morfar som fylkesmann ble på post. Det var visst sånn det skulle være den gang.

Det ble forøvrig sagt om gisselet, at han under oppholdet i Ulvik ikke ble særlig gammel før han fikk tildelt ekstra rasjon på handelslaget fordi, som han brukte som unnskyldning, "det er synd på meg som hverken har mor eller far".

I Stockholm arbeidet mor på den Britiske Legasjon, hvor hun under klengenavnet "Tante", blant annet skrev og formidlet rapporter fra de av den organiserte undergrunnsbevegelse som mellom øktene kom seg over til Sverige på gjennomfart til England. Hun ble senere dekorert for dette arbeidet med Kong Haakons frihetsmedalje, noe hun er svært stolt over.

Som mor har fortalt kom det en dag en etter hennes mening underlig mann ved navn Max Manus inn på kontoret, etter en av sine operasjoner i hjemlandet.

Det må ha vært det møtet som ble begynnelsen på en ny fremtid.

Det sies at tiden løser de fleste problemer og mye riktig er det sikkert i det.

Ikke vet jeg hvorfor, ingen har i hvert fall kunnet fortelle meg om det, men gisselet ble under alle omstendigheter på et senere tidspunkt frigitt, med den naturlige følge at han havnet hos sin mor, nu også som den gang han ble født, i utlandet.

Noen små tidsforvirringer har muligens sneket seg inn her, men hvorom alt er, det tidligere gissel var med ett blitt stor gutt.

Etter oppholdet i Stockholm, tilbake til Ulvik i Hardanger i 1945 hvor det første skoleår ble avsluttet den våren jeg fylte sju år. Årsaken til den tidlige starten var sannsynligvis at belastningen for tante Kari var mindre ved å la meg gå på skolen enn å ha meg hjemme. Hennes datter og sønn gikk allerede på skolen.

Lærerinnen var en annen tante, ikke kjødelig, og hun påtok seg ansvaret. Hun døde for mange år siden, men står fremdeles for meg som en noe spesiell person. Jeg husker også at jeg dette år gikk på søndagsskolen og fikk riktig mange stjerner i boken.

Ett eller annet sted i tid, umiddelbart etter frigjøringen i 1945, erindrer jeg også den største skuffelsen som verden kunne tenke seg, smaken av den første bananen. Gråten tok ikke slutt, så omtalt og så oppskrytt, og så ingen smak.

Tilbake til Sverige igjen, og hva husker man så fra den tid som muligens kan ha satt sitt preg? I hvert fall en episode fra den siste del av dette Sverige-opphold husker jeg; aldeles forferdelig. Uten at det ble gjort med vilje klarte jeg å fyre opp i en vedovn i en stor bygnings-brakke på minst to etasjer. Jeg fyrte selvfølgelig opp med vilje, det er klart, men det jeg ikke var klar over var at ovnen ikke hadde noen pipe. Det naturlige resultat ble at hele brakken brant ned til grunnen.

Dessuten mistet jeg en dag min klokke på daghjemmet. Denne hadde jeg fått av min far og sånne ting husker man.

Den sommeren i 1945, ble antagelig starten for meg på den del av mitt liv som for alvor har hatt med utviklingen gjennom miljø å gjøre.

Midt på dagen, deilig sol husker jeg. Stedet en sommerleir langt ute på landet i Sverige. En bil ankommer med min mor og en for meg ukjent mann. Mine saker ble pakket og av sted bar det. Bilsyk ble jeg den gang og har alltid vært det siden, når jeg ikke selv kjører.

Det var visstnok meget spennende ved grensen til Norge; hadde min far, som riktignok var rekonvalesent men stadig hadde sin statur som visekonsul i Stockholm, fått vite at det var snakk om kidnapping? Hadde han kunnet lage en stopper for oss ved grenseovergangen? Nei da, slett ikke, det gikk helt glimrende og kidnappingsofferet forstod ingen ting.

Det har imidlertid sener i tiden gått opp for meg at min mors kvinnelige instinkter må ha vært ganske naturlige, jeg måtte være en del av pakken.

Etter oppholdet hos tante Kari i Ulvik havnet jeg på Landøya i Asker, et sted som Max hadde kjøpt umiddelbart etter frigjøringen.

Der bodde jeg til jeg giftet meg i 1960.

Max ble til onkel Max og et mer velordnet liv tok form, kanskje ikke bare sett fra min side.

Jeg begynte som sjuåring i annen klasse på Holmen skole.

Problemet, nei allerede den gang var problemer utfordringer, var at jeg snakket en blanding av "ulvikamaul" og svensk. Dette var den viktigste årsak til at dagene vesentlig bestod av styrkeprøver. Vi mennesker er antagelig ikke annerledes.

Skolen ble hele tiden et kapittel for seg. Bibelhistorie, geografi og vanlig historie oppfattet jeg deler av, men i andre fag var jeg håpløst dårlige. Jeg gikk riktignok aldri noen klasse om igjen, men sjelden har noen vært nærmere på å gjøre dette enn meg. Det ble sagt at det mest positive jeg gjorde på skolen var at jeg alltid snakket høyt og tydelig i klassen, men, frøken påpekte at jeg led av noe som antagelig i dag ville bli kalt en lettere form for ordblindhet, eller dysleksi.

Jeg leste som sagt høyt og tydelig, men bare delvis det som stod i boken. Minst halvparten var fri fantasi, nydelig flettet inn i helheten, noe som kun de oppdaget som fulgte med på det som stod skrevet.

Onkel Max, som med sin bakgrunn skulle lage mann av krapylet, heiet som regel på motparten når uunngåelige slåsskamper startet, en terapi som sikkert var vel ment, men som ikke alltid føltes like godt.

Særlig problematisk kan jeg allikevel ikke huske å ha hatt det i denne tiden og mye av behandlingen var nok selvforskyldt. Flere sider i manus kunne dekke en oppramsing av ting som sikkert fortjente sin straff.

Eiendommen på Landøya var stor og når jeg nå tenker tilbake er det ingen tvil om at Max var med på mye lek og moro og at han lot guttegjengen få utfolde seg ganske fritt.

Min far, som jeg sist så rett før vi forlot Sverige, traff jeg neste gang i elleve års alderen etter å ha toget alene til Stockholm. Han var stadig rekonvalesent, hadde epilepsi av sine skader, men var allikevel nylig gift igjen, med en svensk dame.

Hva husker man så fra dette møtet? Jo, selvfølgelig besøket på Grøna Lund, men mest hjemturen med tog, som ble meget spesiell. En avsporing av dimensjoner ved, var det Pålsboda i Sverige? Tretti førti mennesker havnet på sykehus og hvor minst en ble drept hvis jeg husker riktig.

Jeg ble vekket av konduktøren som ikke fikk opp døren til min kupe. Vognen som var nummer fire i toget hadde avsporet, mens lokomotiv og vogner foran lå hulter til bulter.

Tre år senere traff jeg min far igjen. Denne gangen på Jersey Channel Island hvor han med sin kone og første lille datter hadde slått seg ned. Dette ble den første store utenlandsreisen på egen hånd. Oslo, Bergen, Newcastle, London og så fly fra Southampton til Jersey. Det skulle gå vel 20 år til jeg så ham igjen.

Hendelsesforløp! I 1947 ble min bror Max født, etterfulgt av søster Mette to år senere. Vi har alltid vært og er gode venner.

Stikkord i oppveksten: Frihet under ansvar, tillit som sjelden ble sviktet. Uhell innimellom naturligvis, men aldri bevisst. Føler at jeg har god bedømmelse av hva som er riktig og galt, ærlig og uærlig.

Max var med i starten på oppbyggingen av heimevernet og i den anledning var det ganske naturlig for ham at jeg skulle være med. Jeg begynte som sporadisk stabs-sjåfør på HV øvelser allerede som fjorten femtenåring, så det var ikke kjedelig der i gården.

All verdens heimevernsøvelser med "lekekrig" ble min eneste, men spennende form for militærtjeneste.

Sport hører med og her gikk det adskillig bedre enn på skolen. Langrenn, hopp, skyting, ishockey og litt seiling, men det manglet alltid det siste. Innspurten, vinnerviljen. Nervene holdt ikke, så helten nådde sjelden helt til topps, men det ble sagt at han hadde medfødte evner i det meste.

Jenter gikk det derimot adskillig letter med, det var liksom ikke så vanskelig med konsentrasjonen i den sammenheng.

Totalt ble det realskole og handelsskole og det var fra min side aldri snakk om høyere utdannelse. Det praktiske så ut til å passe meg adskillig bedre. Teknisk innsikt, snekring og mekking, der var evnene i orden.

Sommerjobben bestod derfor i flere år av å arbeide på verkstedet i Max Manus Kontormaskiner. Dette firma var den gang generalagent i Norge for blant annet Olivetti kontormaskiner. Det var derfor kanskje naturlig å sende meg på skole hos dem. Som Europas desidert største fabrikk i sitt slag hadde de egen skole både for teknikk, salg og administrasjon.

I 1956 dro jeg til byen Ivrea i Nord Italia og dette ble i første omgang mitt oppholdssted i vel ett år. Teknisk opplæring på alle typer skrive og regnemaskiner.

Klassene jeg ble satt i bestod av bare italienere uten særlige språkkunnskaper. Altså lærte man å bable italiensk på få måneder. Oppholdet der og senere vel et halvt år på kommersiell skole i Firenze, etterfulgt av praksis gjennom korte opphold rundt om på Olivettis filialer i Italia, står for meg som den mest betydningsfulle tid i min personlige utvikling.

På min atten-års-dag som jeg feiret der nede, solgte jeg min Vespa scooter og kjøpte en bil. Handelen gav hundre kroner i overskudd som stort sett dekket utgiftene til sertifikat på min atten-års-dag. Jeg kunne jo kjøre bil fra tidligere.

Vel hjemme igjen begynte jeg med undervisning av firmaets mange teknikere, for senere å gå dypere inn i firmaets drift, men det er en annen historie.

Det gikk med meg som med mange andre i vennekretsen, det ble tidlig ekteskap. Det lå liksom i sakens natur, tidlig i full jobb og så var det naturlig å stifte familie. Snaue tjueen år, selvfølgelig var man verdensmester, kunne alt, lot seg ikke stoppe av noe.

Hadde forresten vært sammen med min tilkommende i nærmere tre år. Hun var fra Oslo og vi startet vår tjueårige ekteskap i leilighet på Ljabru.

Dette ble vel langt fra venner og vi flyttet snart via ett års opphold i Halvdan Svartes gate til en stor gammel leilighet på Skillebekk.

Her ble vår første datter Nicoline, oppkalt etter farmor, født i nitten-seksti-tre, etterfulgt av Anne-Marie, oppkalt etter sin tante på morssiden, i 1965.

Vår vennekrets holdt godt sammen, alle var sterkt opptatt av hardt arbeid, men så visst også av å ha det hyggelig sammen. Hyppig selskapelighet som gikk på rundgang og hvor alt var basert på spleis. Det lot seg liksom gjennomføre på den måten.

De første årene arbeidet min kone, for senere å gå på skoler og kurs innen veving og billedlig kunst. Vi fikk etter hvert rimelig god økonomi og benyttet ofte fritiden til å reise. Vi tok med oss barna i den grad det var mulig.

I alle år ble familiens hytte på Filefjell hyppig besøkt og et år uten rypejakt syntes utenkelig.

I 1970 flyttet vi inn i nybygget hus i Gråkammen på Vettakollen og livet gikk stort sett i faste former.

Selv om nedslagsfeltet nok kan sies å ha vært stort, vi fikk med andre ord med oss det meste, så er det ingen tvil om at noe vesentlig manglet mellom oss. Heter det ikke at man vokser fra hverandre? Skuta fikk da også etter hvert etter hvert en slik slagside at den gikk under i 1979.

Min far som jeg siste hadde sett og hørt fra da jeg besøkte ham som fjortenåring, traff jeg igjen etter at jeg selv oppsporet ham en gang i syttifem. Det høres kanskje merkelig ut at ingen av oss hadde tatt kontakt i løpet av alle disse årene, blod er som kjent tykkere enn vann, men jeg måtte i hvert fall bli vel trettifem år før jeg var moden nok til å gjenoppta kontakten. Han bodde da i Spania.

Det ble et herlig gjensyn og hva møtte meg? Jo, tre halvsøstre. Et tvilling-par som nettopp hadde avsluttet et engasjement som ballerinaer hos Madame Blue Bell på Lido i Paris og deres noen år eldre søster. Alle tre var godt over en åtti høye og Madame Blue Bell hadde visstnok holdt tvillingene under oppsikt i mange år mens i hvert fall den ene danset ballett under sin oppvekst på Jersey, en av de engelske kanaløyene.

I dag er to av dem gift og har barn.

De bor henholdsvis i London og Paris, mens den tredje bor i Hamburg.

Min far som i dag er syttifem år treffer jeg stort sett årlig til glede for oss begge. Han er resident på Jersey men tilbringer det meste av året i Spania.

Fra å være en som hverken hadde mor eller far, til det å bli en med to mødre, to fedre og fem søsken, har nok også vært med på å prege meg.

Som person er jeg slett ikke så utadvendt som jeg kanskje kan virke og har alltid vært forsiktig med å stikke hodet frem. Forretningens personlige preg har jeg nok til tider tatt vel alvorlig, men synes selv jeg er rimelig flink til å delegere. Jeg har vært daglig leder for det meste av foretagende i rundt tjue år, og som daglig leder også av våre aktiviteter i Danmark i de siste ti år, nu med rundt sytti ansatte, har jeg fått rikelig anledning til å studere menneske-adferd i disse to land. Jeg har stor respekt for integritet og er meget bevisst når det gjelder å gi levevilkår for individualistisk utfoldelse.

I forbindelse med sport har jeg vært innom styret i Norges Skytterforbunds Leirdue-avdeling og har siden nitten-sytti-to vært formann i Skeet Klubben, en klubb som driver med leirdueskyting.

Har i en kort tid sittet i styret i Oustøen Countryklubb som steller med golf, men er ingen typisk forenings-mann, heller ikke i forretningslivet.

Siden begynnelsen av syttiårene har jeg når det gjelder sport konsentrert meg om leirdueskyting, fuglejakt og golf.

Jeg lever stort sett i en verden hvor jeg tror på eksempelets makt og selv om det til tider er vanskelig, på det gode i mennesket.

Sitter i dag stadig i noen få styrer men har egentlig mer enn nok med mitt eget styr.

Et eksempel som jeg allikevel vil nevne, er at jeg de siste par år har hatt gleden av å være med som styremedlem og medeier i et nystartet firma i Danmark, som er bygget opp på en gammel ide jeg gikk svanger med i mange år, en nakkepute. Det endte etter stor innsats fra min partner med produksjon av en oppblåsbar nakkepute som fikk navnet Sleepover.

Tilsynelatende et produkt som mennesker vil ha og som i inneværende år representerer en eksport på vel tretten millioner danske kroner.

Jeg nevner dette kun fordi jeg gjennom mitt engasjement her får innsikt i en for meg helt annen form for forretning enn den jeg er vant til. Menneskene som er involvert, ikke minst i distribusjonsleddet er A typiske i forhold til dem jeg daglig omgås, og det at salget skjer på alle kontinenter fascinerer meg.

Jeg tror jeg kan karakteriseres som en meget monogam mann.

Noen vil si at det var planlagt, men i så tilfelle må det ha vært fra høyere hold, noe som jeg i og for seg ikke ser bort fra.

Det ville seg nemlig slik at bare noen få uker etter oppløsningen av mitt ekteskap, skulle realskole-klassen ha et jubileum. Jeg traff igjen min gamle flamme som hadde gitt meg på båten den gang og som nu selv var blitt enke. Hennes time var inne.

De siste seks år har vi holdt sammen, men er ikke gift. Hennes to barn er voksne. Han skal i militæret nu til jul, mens hun, som er tjuetre, studerer på Blindern Universitet.

Min forhenværende flyttet til Spania, så det ble liksom naturlig at våre døtre sorterte under meg etter skilsmissen.

Den yngste, Anne-Marie begynte på college i Sveits og gjennomførte tre år der, mens Nicoline etter et mellomår på college i England fullførte Handelsgymnasiet i Oslo. Sammen tilbrakte de ett år på skole i Paris i nitten-åtti-tre/fire, for så å ha et år hjemme hvor den yngste tok sekretærlinjen på Handelsgymnasiet og den eldste tok det første av to år på Sverre Wolfs dekorasjonsskole. Hun fullførte denne skolen i år, mens Anne-Marie har startet på The Univeristy of St. Louis i Madrid, hvor tanken er å studere i to år, for så å ta de siste to år i USA. Forholdene mellom oss alle i den nye familiesituasjonen fungerer glimrende.

Selv har jeg i alle år beholdt mitt britiske statsborgerskap, ikke at det gir noen som helst personlige fordeler, men det har vel alltid ligget en underbevisst dragning hos meg mot noe ikke helt typisk norsk.

Verden består jo uomtvistelig av langt mer enn Norge og selv om det til tider har skapt litt personlig turbulens, har jeg sterk tro på at skal vi leve i en verden med fred, kan det kun skje ved at dørene åpnes og at man kommer ut og lærer andre mennesker og kulturer å kjenne.

Til slutt vil jeg gjerne si at jeg føler meg vel som Rotarianer, for selv om jeg vet at jeg ikke kan ofre nok tid på arbeidet her, så føler jeg at organisasjonens idealer går hånd i hånd med de fleste oppfatninger jeg har dannet meg om livets verdier.

Takk for oppmerksomheten.

I 1994, etter sju år som medlem av Furuset Rotary Klubb og med nye medlemmer tatt i betraktning, var det oppfordring til gjentagelse av ego-foredraget.

Det du har lest ble gjentatt, men etter takken for oppmerksomheten lå det i sakens natur at noe skulle tilføyes, tross alt var nye sju år plusset til ens liv.

Tilføyelsen går som følger:
Hadde det bare vært så enkelt.

Det er mange år siden jeg skrev dette og livet går skånselsløst videre.

Min datter Nicoline døde av kreft for snart fire år siden, bare tjuesju år gammel.

Kun mennesker som selv har opplevet det samme, er i stand til å forstå hva det innebærer.

Min kjødelige far, som egentlig ikke skulle ha overlevd i 1940, fikk en naturlig bortgang etter fylte 83 år i februar i år.

Firmaet har gjennomgått en dramatisk motgang i de siste årene, med store nedskjæringer og omstruktureringer og jeg legger ikke skjul på at det enkelt ganger har vært riktig utfordrende å holde det hele gående.

Men, livet skal gå videre.

Anne-Marie, har for lengst fullført sin økonomiske utdannelse på universitetet i Madrid.

Hun har startet i firmaet og det ser ut til at vi har kommet over de største utfordringene både personlig og forretningsmessig.

Hun lever sammen med Jens og ser ut til å trives, mens min samboer og jeg stadig finner trygghet i samholdet.Mine halvsøstres avkom teller nu til sammen åtte verdensborgere, i alder fra to til atten år, og til sammen snakker de i hvert fall fem språk flytende og bor i fire forskjellige land.

Uttrykket om at motgang gir styrke, har for meg blitt en erkjennelse og på mange måter føler jeg meg tross alt rikere som menneske etter de senere års opplevelser.

Takk for oppmerksomheten.

Ny tilføyelse 2017:

30 år er gått siden ovennevnte ego-foredrag ble holdt første gang i 1987.

23 år er gått siden andre og siste gang det ble holdt i 1994.

Disse siste 23 år danner på en måte den tredje fasen i mitt liv i og med at forholdet til min daværende samboer gikk i oppløsning.

Sceneskiftet førte til nytt samliv, som i 1998 resulterte i ekteskap.

Anne-Marie, ellers av alle nære kalt Pøne, er for lengst gift med sin Jens.

De overtok for mange år siden driften av Firmaet, som nå har nedslagsfelt i både Norge, Danmark og Sverige.

Barnebarna Oscar og Nicolas som denne boken er dedikert til, er henholdsvis 21 og 19 år gamle, mens bestefar i mange år har levet som aktiv pensjonist sammen med sin sveitsiske kone Marianne i det sydlige Spania.

Detaljene

På mange måter er det synd at det er detaljene som teller, for de er som regel kjedelige og tidskrevende å få på plass.
GM

11-12-13
Desember 2013

En liten notis i The Times den 9nde desember 2013 forteller at den helt spesielle kombinasjonen 11.12.13, som i denne sammenheng står for datoen den 11 des. 2013, er svært spesiell og at en lignende sekvens ikke vil skje igjen før den 1ste feb. 2103. Kanskje en lignende liten notis på det tidspunkt vil informere om begivenheten, altså om rundt 90 år; vi får vente og se.

Jeg tror de fleste av oss har ett eller annet tall, eller gjerne flere, som vi enten betrakter som lykketall, eller kanskje det motsatte, eller som vi forbinder med noe spesielt.

Her sitter jeg helt tilfeldig en fredag kveld, tilfeldig fordi jeg ikke hadde planer om å sette noe på papiret. Nå er det slik at kommer jeg først på en ide, eller klarere sagt, en tittel på en "refleksjon", så registrerer jeg den hvis det ellers passer seg slik, i en liste over sådanne, gjerne med overskrift og noen stikkord som senere skal gi meg startgrunnlag for skriving.

Derfor det første avsnittet, som kom til om morgenen den 10 des. 2013, etter at jeg kvelden før hadde lest den lille notisen i The Times.

Det er intet spesielt ved denne fredagskvelden annet at jeg har følt meg rimelig trett i hele dag. Av en eller annen grunn ble det for lite søvn natten til i dag. Kanskje jeg ubevisst ble forstyrret av at en bekjent, som bor bare noen hundre meter fra oss, i forgårs hadde et innbrudd.

Uansett, min kone foreslo allerede tidlig i morges at vi kanskje skulle spise lunch ute, etter at hun hadde hatt sin time med "Pilate", som hun er blitt svært begeistret for.

Hvis du ikke vet det, så visste heller ikke jeg hva "Pilate" var før jeg en dag så en brosjyre i resepsjonen hos vår fysioterapeut.

Min kone beskriver det som, ettersom vi snakker engelsk sammen, "a physical fitness system which very gently makes good for all joints and mussels in your body".

Dette har intet å gjøre med tall, men mens vi for anledningen hadde valgt en enkel restaurant nede ved Middelhavet som lager en super oste-fondue, og satt og snakket om datoer i forbindelse med vår forestående tur til Portugal i Julen, kom vi på at det er fredag den 13nde i dag. Typisk en dag man forbinder med det motsatte av en lykkedag.

For de som tror på denne dagen og at den gjelder over alt, kan jeg fortelle at de tar feil.

Her i Spania dreier ulykkesdagen seg om tirsdag den 13nde, bare så man vet det.

Tar man verden for seg dreier det seg sikkert om et utall forskjellige dager og datoer man skal vokte seg for, eller for den saks skyld glede seg til, alt ettersom de sies å bringe uhell eller lykke.

Kan man så forebygge eventuelle uhell på disse dager, eller trå ekstra til med loddkjøp for å sikre gevinst, hvis datoen betyr lykke? Det tror jeg neppe, er først uhellet ute så skjer det og vinner man i lotteriet så gjør man det, forutsatt selvfølgelig at man har kjøpt lodd. I den sammenheng blir det som å fiske; snøret med agn og krok må være i vannet skal man få bitt.

Men, selvfølgelig, er man seg bevisst at det er fredag den 13nde, altså den dagen som gjelder for noen av oss og derved tar litt ekstra hensyn, kan det nok kanskje hjelpe litt på en lavere ulykkesstatistikk.

Forleden dag kom jeg i snakk med Paco, en tidligere politimann som på sine eldre dager sper på pensjonen med å selge brukte golfballer. Det er forbudt for utenforstående å plukke golfballer på vår bane, en regel som stilltiende og av ukjente grunner gjelder alle unntagen Paco. Hva som setter ham i en særstilling skal jeg ikke si, men han er en meget hyggelig kar som vi ser hver dag på parkeringsplassen med sin lille Peugeot, hvorfra han selger dem, pakket i plastposer.

Ettersom man i Spania har en enorm utbredelse av lotteri og det den dagen var en av de store trekningene, kom vi i snakk om dette.

Det høres antagelig helt utrolig ut, statistisk sett, men han fortalte at han tre ganger har vunnet i lotteri. Første gang for mange år siden, den gang fremdeles pesetaen var gangbar mynt, 100.000-, for fire år siden 40.000- Euro og i fjor 20.000-.

Jeg fikk bekreftet riktigheten litt senere i pro-shoppen, hvor den ansvarlige fortalte at hun allerede hadde laget avtale med ham om loddkjøp ved den neste store trekningen, "El Gordo".

Jeg ser ingen grunn til å holde mine lykketall hemmelige. Det står alle fritt å benytte dem i enhver situasjon hvor de måtte ønske det.

De er 14 og 17. Helt fra jeg ble bevisst om det med lykketall valgte jeg disse to, men hadde i tillegg 7 og 21. Etter hvert ble det vel for mye å holde styr på, så nå holder det med de to.

Har de så vært lykketall? Har ikke ført noen statistikk, men må allikevel innrømme at selv om jeg ikke kjøper lodd eller gambler holder jeg stadig på 14 og 17. Min kone har ingen lykketall, sier hun, fordi hun allerede veldig tidlig i livet mente å konstatere at hun ikke var en vinner i lotteri.

Om Amerikanerne har fredag den 13nde på samme måte som oss vet jeg ikke, men hvis de har det så vil det nok bli husket blant investorene i det som kalles Euro Vegas, et enormt gambling kompleks som er tenkt bygget utenfor Madrid.

Så på de Spanske 21 nyhetene for et øyeblikk siden at myndighetene ikke har gått med på deres krav og derfor ikke gitt grønt lys for etableringen.

En av kravene var blant annet at det skulle gis dispensasjon for røking i spillehallene. Vi får se hvem som firer og om videre forhandlinger til slutt vil gi Spania et gamblingens Mekka.

"Alle gode ting er tre" heter det når man tenker positivt, mens uttrykket "aldri to uten tre", ofte benyttes når det gjelder ulykker.

Uttrykket "7.9.13" er kanskje ikke så mye brukt, men sies å være et trylleformular mot uhell. Uttrykket er av relativt ny dato ifølge ekspertene. 7 har alltid vært et lykketall forstår jeg, mens tallet 9 er ladet med mystikk. 13 regnes, ifølge de samme ekspertene, både som lykketall og et tall forfulgt av uhell. Det siste blant annet med bakgrunn i at Judas var den 13nde til bords sammen med Jesus og de 11 disiplene.

Som et apropos til innledningen som beskriver 11.12 og 13 ser jeg igjen en liten notis i The Times, men nå i utgaven for den 13nde desember, at noen har benyttet denne helt spesielle begivenheten til bokstavelig å gjøre sitt bryllup til det overskriften sier: "Marriage? It`s a date" Et par som møttes den 01.02.03 benyttet denne, "engangs muligheten" til å gifte seg den 11.12.2013.

Alle er seg selv nærmest
Oktober 2013

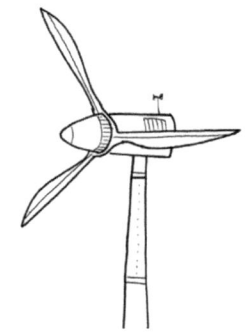

Intet kan vel få sinnene mer i kok enn når fanatismen slipper til. Mennesker kjemper for sine ideer og godt og riktig er selvfølgelig det. Nå er det bare slik at vi mennesker ikke har for vane alltid å bli enige. Også det er godt, da mange forskjellige syn gir en bredere forståelse; det naturligvis bare hvis man ikke er fanatisk opptatt av at bare ens egne oppfatninger om en sak gjelder.

La oss i denne sammenheng se bort fra fanatismen, den tar jeg tak i separat.

Er det ikke enkelt å sitte på sidelinjen av en problemstilling å ha en mening? Intet problem, det hele angår jo ikke meg direkte, det ligger liksom utenfor synsvinkelen, hørselen, og en rekke andre sanser.

Jo da, fra det ståstedet er det enkelt å ha en oppfatning, ja, gjerne en bastant oppfatning av saken. Det er lett å finne argumenter for og imot når man sitter på sidelinjen og selv vet at man ikke er eller vil bli direkte berørt. I den situasjonen er det ganske enkelt å være objektiv.

Tenk, som et eksempel, på hvor viktig det er med fornybar energi.

Med fornybar energi tror jeg man mener energi hentet fra kilder som har en kontinuerlig og uuttømmelig tilførsel, så som for eksempel vannkraft, solenergi og vindkraft.

Spania er et av de land som er kommet lengst når det gjelder utbygging av vindkraft. I 2012 utgjorde vindkraften 16 % av det totale elektrisitetsforbruket.

Kjører man kystveien fra Algeciras i Andalucia, nær Gibraltar og mot Cádiz, passerer man ganske snart Tarifa med sine hundrevis av vindmøller, eller kanskje riktigere vindturbiner. Vindmøller ble, som vi vet, brukt til andre ting enn å produsere elektrisitet den gang de ble oppfunnet, uendelige tider før elektrisiteten.

Det er vel knapt et område i Spania hvor man i dag ikke ser disse enorme trebladede monstrene rotere.

Alt vel og bra, for man kjører jo tross alt bare forbi disse områdene og selvfølgelig er det jo bra med denne form for energi; vi vil jo alle sammen gjerne at temperaturen på planeten vår ikke skal sprenge termometrene.

På midten av nittitallet kom det en henvendelse til kommunestyret i den landsbyen vår urbanisasjon Cabrera sogner til og hvor vi bodde en gang; Turre er navnet.

Om henvendelsen var fra et privat selskap eller fra staten er uinteressant, men det var spørsmål om tillatelse til og installere en serie vindturbiner i fjellet ovenfor urbanisasjonen. Kommunestyret syntes i første omgang at ideen var interessant og satte i gang med høringer og andre undersøkelser.

Selvfølgelig ble det et ramaskrik i urbanisasjonen og ikke minst ble argumentet om at prisene på eiendommene ville falle radikalt, benyttet til det ytterste.

Det endte, heldigvis, denne gangen med at planene ble skrinlagt, og frem til i dag er vi forskånet fra å se en eneste turbin i området. Men, vi er naturligvis alle enige om at det er viktig med fornybare energikilder?

Bare et år eller to etter denne episoden dukket det en dag opp en liten delegasjon av representanter fra det militære.

De hadde kart og avstandsmålere med seg og var i gang med å tegne en trase gjennom urbanisasjonen. Her skulle det så installeres stolper, hvor kabel skulle trekkes for å gi strøm til en tenkt radarstasjon på toppen av fjellet.

Hvem som hadde sendt rapport til min kone om at delegasjonen var rapportert i området skal være usagt, og er heller ikke interessant, men det tok ikke mange minuttene før hun var i full konfrontasjon med lederen. Hvor var tillatelsen til å opptre på hennes område og hvem var ansvarlig? Lang historie kort, det endte med at hun engasjerte områdets skarpeste advokat og "satte opp skyttergraver". Ingen vanskeligheter med å få med seg hundre prosent av husstandene.

Jeg velger å tro at det var hennes resolutte reaksjon og engasjement av advokaten som resulterte i at planene ble skrinlagt, men innser jo at hvis de først hadde en overordnet plan som de ønsket å gjennomføre, så ville det i dag vært en radarstasjon på toppen av fjellet, men kanskje med strømtilførselen lagt utenom urbanisasjonen.

Hadde det vært snakk om å føre kablene opp fra den andre siden av fjellet, ja, så hadde det selvfølgelig vært helt i orden for oss, selv om den sikkert ville passere over dusinvis av andre eiendommer. Vi hadde jo ikke blitt berørt.

Det er nå rundt sju år siden vi flyttet fra Cabrera. Vi bor på det trettende golfhull i urbanisasjonen Valle del Este, en snau halvtimes kjøring fra Cabrera, men som man forstår, i samme området. Vi sogner ikke lenger til Turre, men til byen Vera, en by med over ti tusen innbyggere, fem minutters vei hjemmefra med bil.

I denne perioden har man startet, og til dels fullført, betydelige strekninger av den nye traseen for den såkalt AVE linjen mellom Alicante og Almeria. Det dreier seg om en høyhastighets togforbindelsen som via Valencia skal bringe de reisende fra Almeria til Madrid på rundt tre timer. Jeg ville bli forbauset om vi lever så lenge at vi får oppleve dette, men, man vet jo aldri hva som kan skje.

Nå er imidlertid det hele utsatt på grunn av manglende finansiering.

Selvfølgelig er det en uendelig rekke hus og eiendommer som har fått lide i denne sammenheng, men når vi sitter på vår lokale restaurant ved golfbanen og nyter en enkel tapas med et dertil hørende vinglass og ser ned mot byen Garrucha, snaue ti kilometer nede ved Middelhavet, kan vi så vidt skimte tog traseen. Langt utenfor fremtidig tenkt hørsel og nesten utenfor syn; vi er heldigvis uberørt.

Kanskje en dag, hvis de høyere makter vil, kan vi se ormen som i nærmere tre hundre kilometer i timen farer forbi der nede, før den stopper bare noen få kilometer lenger mot øst, på holdeplassen som er planlagt utenfor Vera. Vi er heldige, for det er ellers mange mil mellom hver stasjon.

Hvis vi i det hele tatt får oppleve dette scenariet, er det nok etter at vi for lengst har innlevert sertifikatet og at vi i drosje blir kjørt de få kilometerne til stasjonen, hvorfra vi tar en weekendtur til Madrid.

Det er jo selvfølgelig herlig å tenke på at vi ikke kan bli annet enn positivt berørt av denne nyvinningen, hvis vi da i det hele tatt blir berørt, det vil si, oppnår å få være med på opplevelsen.

Høyhastighetstog i seg selv er etter min mening en utmerket kommunikasjonsform og det at vi er så heldige, vel og merke hvis alt går etter planen, å få en stasjon i området, tilsier ganske sikkert at eiendomsprisene vil være sikret når ellers økonomien generelt tar seg opp.

Men igjen, det er selvfølgelig synd på alle som blir direkte negativt berørt, men jeg regner med at det er få som seriøst mener at vi kan stoppe utviklingen.

Jeg forstår at Spania er det land, i hvert fall i Europa, som er kommet lengst når det gjelder utbygging av høyhastighets tog og det skal man selvfølgelig glede seg over.

I det ovenstående har jeg med vilje holdt meg til noen mer kollektive sider av at "alle er seg selv nærmest" og det av den gode grunn at det ellers lett kan bli svært personlig.

For det er vel slik at alle kan tenke seg et utall av eksempler på hvordan vi personlig er oss selv nærmest, men det mener jeg får bli opp til en hver å dvele ved, hvis de har mot til og ellers skulle ønske det.

Bare ikke la det bli en belastning for samvittigheten, for den har som regel mer enn nok å baske med.

Tror vi at...

Tror du at du er den du var, så tror du at du var den du var.
Var du bedre enn du er, eller bedre enn du var?
Jeg tror ikke jeg var, er mitt svar.
GM

Ambisjoner

April 2013

Ikke alle har det i seg at de skal hevde seg. Det er nemlig blant annet dette ordet ambisjoner står for, "lysten til å hevde seg, ærgjerrighet". Her dreier det seg om noe som har med en selv å gjøre. På samme måte som når det gjelder prestisjen, er ambisjoner noe personlig men nødvendigvis ikke negativt på samme måten som prestisjen, sett med mine øyne.

Vel, "lysten til å hevde seg, ærgjerrighet", ser jeg i denne sammenheng ikke nødvendigvis målt overfor andre. Jeg velger foreløpig å se den siden av "det å hevde seg" som går på at man vil oppnå noe for seg selv, at man vil hevde seg overfor seg selv og de ambisjoner man måtte ha i denne sammenheng.

Her er vi inne på noe av drivkraften igjen. Uten noen form for ambisjoner er det vanskelig å se fremdrift.

For all del, mange er og forblir mer enn lykkelige uten å være utstyrt med spesielle ambisjoner. Hvorfor ser da så mange på det å være ambisjons-løs som negativt?

Tenk hvordan verden ville se ut hvis vi alle hadde ambisjoner uten grenser?

Tror nok de fleste er enige om at ikke alle kan være akademikere. Hva med det utall av serviceyrker som skal til for at verden skal fungere? Det burde ikke på noen måte bety at man er mindreverdig eller mangler ambisjoner fordi man ikke er akademiker, heller det motsatte.

En helt annen sak er at samfunnet burde fungere så bra at alle som har personlige ambisjoner, i utgangspunktet skulle bli gitt mulighetene til og nå dem.

Ta for eksempel unge mennesker med politiske ambisjoner.

Disse ambisjonene kommer vel ofte som et resultat av miljø og eller påvirkning hjemmefra?

Har man evner og ambisjoner i politisk retning mangler det i denne sammenheng ikke på støtte vil jeg tro.

Uansett politisk parti tas man i mot med åpne armer.

Et godt eksempel på dette er den tragiske ulykken på Utøya i Norge den 22. juli 2011.

Allerede tilbake i slutten av femtiårene husker jeg at hver gang vi kjørte forbi Tyrifjorden på vei til familiehytten på Filefjell, ble det alltid nevnt at der ute på øya lå utklekningsanstalten for de norske sosialistene.

Alle visste at det var her det startet for alle som skulle noen vei innenfor arbeiderpartiet. Alle norske sosialistiske toppledere har, så lenge jeg har vært meg bevisst, gått gradene, blant annet gjennom jevnlige besøk til samlinger på denne øya.

Jeg hadde ingen spesielle politiske ambisjoner den gang og har heller ikke riktig hatt det senere, men dette var vi oss svært bevisst.

Jeg har aldri lagt skjul på at min politiske holdning ligger noe mer på høyresiden.

Alle de unge som var samlet der den skjebnesvangre sommerdagen, hadde sine personlige ambisjoner i orden og full respekt for det.

Herr Breiviks ambisjoner var det nok verre med; galskap er vel riktigere enn bare forskrudde politiske ambisjoner.

Når det gjelder sports-ambisjoner, så lenge det dreier seg om at det er på egne vegne, er det sikkert både nødvendig og riktig at man har dem om man ønsker å nå toppen.

Her kommer det så mye forsakelser og oppofring inn i bildet, at er man ikke motivert og med stålsatte ambisjoner, så når man simpelthen aldri målet om å bli nummer en.

Verre er det med foreldres ambisjoner på barnas vegne.

Starter med noen egne opplevelser fra min tidlige tid i forretningslivet.

Allerede før jeg var tjue, på slutten av femtitallet, hadde jeg ansvaret for opplæring av firmaets rundt 40 teknikere samt hele forhandlernettet.

Allerede den gang la jeg merke til at mange som allerede hadde familie og barn, kjempet en hard kamp for at barna skulle få den utdannelse de selv mente de ikke hadde kunnet få takket være krigen. Ingen selvkritikk å spore; det var som om det var en selvfølge at hvis det ikke hadde vært for krigen, så hadde de fleste både tatt artium, gått på universitetet og endt opp i betydningsfulle stillinger.

Deres barn ble uten forutsetninger nærmest truet til utdannelse mange ikke egnet seg til og endte ofte opp med store problemer. Mange familietragedier utspant seg den gang som et resultat av foreldres, sikkert velmente, men misforståtte ambisjoner på barnas vegne.

De verste eksemplene på foreldres ambisjoner på vegne av barna, når det gjaldt sport, var jeg senere vitne til.

Jeg ble minnet om dette forleden, under en samtale med vår lokale golf pro. Vi hadde nettopp hatt et golfarrangement i regi av det Spanske Golfforbund med deltagere i den såkalte klasse "Juvenil", fra 8 til 16 år, av begge kjønn.

Han bare ristet på hode i fortvilelse over å ha sett en rekke eksempler på hvordan overambisiøse foreldre nærmest hadde truet disse barn og ungdommer under treningen, med resultat som endte i både tårer og tenners gnissel.

Mine egne eksempler går på det samme når det gjaldt både tennis og ski, den gang mine døtre vokste opp og selvfølgelig var medlemmer i de lokale klubber for disse sportsgrener.

Dette var selvfølgelig i Oslo i Norge og skjedde på den såkalte bedre vestkant hvor vi bodde.

Det var direkte grusomme opplevelser man til tider ble vitne til.

Jeg måtte til og med melde dem ut av den lokale tennisklubben takket være den overambisiøse klubbledelsen. Eksempelet er for grotesk til å nevnes, men hadde intet å gjøre med mine døtre direkte.

Foreldre som under enkle slalåmkonkurranser kastet seg ut i bakken når deres håpefulle falt, med et oratorisk fossefall av unnskyldninger om hvordan foreldrene selv hadde feilsmurt skiene eller at fallet skyldtes for dårlig slipte stålkanter, var ikke noe særsyn.

At man gjerne vil se sine etterkommere oppnå suksess er vel helt menneskelig, men med ambisjoner av denne art slår det alt for ofte den gale vei.

Margaret Thatcher ble bisatt i går, den 17. april 2013. Heldigvis ble det stort sett en verdig tildragelse hvor selv dronningen var til stede.

Stålkvinnen var både hatet og elsket, men som den første og eneste kvinnelige statsminister i Storbritannia må hun vel ha hatt ambisjonene i orden.

Din indre spirit bestemmer ditt liv.
GM

Annonsering

Mars 2014

 Annonsering er bare ett av begrepene som benyttes i forbindelse med det vi kaller markedsføring. Wikipedia beskriver annonsering som en kommunikasjonsform hvis hensikt er å informere potensielle kunder om produkter og tjenester, hvordan de kan benyttes og hvor man anskaffer disse. Så godt som ukjent hjemme i Norge den gang jeg startet i yrkeslivet i slutten av femtiårene.

Det er når jeg tenker meg om definitivt ikke helt riktig at annonsering var så godt som ukjent den gangen, men aktiviteten i den forbindelse var nok av svært beskjeden art sammenlignet med i dag.

Selvfølgelig presenterte man firmanavn og de varemerkene som den gang eksisterte på en måte som gjorde at vi vanlige mennesker, kundene, skulle bli oppmerksom på deres eksistens. Men dette skjedde nok i mer beskjeden grad enn i dag og da helst utenfor forretninger og på steder så som kjøretøy, spesielle tavler eller dertil egnede bygninger.

Televisjonen var knapt kommet til landet og med NRK med kun sort hvit utsendelse som den eneste kanal, var jo den av politiske årsaker, uansett ikke tilgjengelig for reklame.

Flere kanaler kom til etter hvert og også i farger, så annonsering gjennom TV tok etter hvert en god slump av markedsføringsbudsjettene, i hvert fall i de større firmaer.

Radioen var også et media som på den tid i betydelig grad ble benyttet til annonsering. Reklameskilt langs veien tror jeg allerede var forbudt i Norge, men det husker jeg ikke med sikkerhet.

Husker heller ikke når neonreklamen gjorde sitt innpass, men det var alltid spennende med Durex reklamen på toppen av Bogstadveien. Den har imidlertid for lengst veket plassen for presentasjon av nye produkter.

Uansett, dette temaet er som alle vil forstå uendelig omfattende og langt fra noe jeg har forutsetning til seriøst å gripe fatt i, som på mange måter med flere av mine tidligere refleksjoner. Ikke desto mindre, det å ha en mening er viktig.

Selvfølgelig, og det tror jeg nok de fleste er enige i, nesten all kommersiell virksomhet trenger å bli promotert for at det skal bli fart på det økonomiske hjulet.

Rent bortsett fra nødvendige matvarer og visse husholdningsartikler som de fleste av oss i den såkalt utviklede verden er avhengig av, samt en del andre personlige artikler som tannbørster, tannpasta, barbersaker, tamponger og lignende, finnes det tusenvis av artikler som aldri ville bli kjøpt hvis det ikke var lagt inn gode marginer i prisen, ja, nettopp til annonsering, eller såkalt "promosjon".

Selv når det gjelder de ovenfor nevnte eksemplene på basisartikler som man stort sett er avhengig av, foregår det naturligvis en intens kniving mellom de forskjellige leverandører for å sikre seg størst mulig markedsandel.

Jeg skrev for en rekke år siden en refleksjon om "Prisen". Den gikk mer på at man ofte fremhever prisen på en vare som det beste salgsargument for at den bør kjøpes; eller sagt på en annen måte, enkelte ganger har man inntrykk av at man ikke i det hele tatt diskuterer varen, men at hele dialogen mellom selger og den potensielle kjøper dreier seg om salg og kjøp av pris, rabatter og betalingsbetingelser.

Noen produsenter, og jeg tror det gjelder innen de fleste bransjer, har hatt og har evnen til å fremstå med produkter som distanserer seg fra andre i den motsatte retning, altså med skyhøye priser.

Forfengelighet og prestisje samt produkter som også forbindes med høy kvalitet er antagelig en av årsakene til at mange, i tillegg til de bedre stilte, altså de som egentlig ikke har råd til det, anskaffer slike produkter.

I denne sammenheng dreier det seg vanligvis om merkeklær og kapitalvarer som biler, båter og eksempelvis dyre klokker.

I et land som Norge, med en generell høy levestandard og ellers et etter forholdene stort sjikt av velstående husholdninger, sier det seg selv at det er et reelt marked for høyt prisede kvalitetsvarer.

Lar vi oss blinde, eller kanskje bedre sagt, trollbinde av mange markeds-kampanjer?

Jeg har en følelse av det, da jeg ellers ikke kan forstå hva som skjer.

Tar man som bare ett av mange eksempler klokkebegrepet Rolex og bare prøver å forestille seg hvilke enorme midler de benytter til markedsføring i form av sponsoravtaler, annonsekampanjer og TV reklame, må man spørre seg om hvor pengene kommer fra. Selvfølgelig er produktene i det høyere prissjikt, men allikevel ikke mer enn femti til hundre ganger prisen av ordinære klokker.

Skulle være interessant å vite noe om produksjonsprisen på disse klokkene sammenlignet med de andre i det rimeligere sjikt.

Ellers er det jo stilig at man kan dykke flere hundre meter med noen av dem uten at de ødelegges og elegante er de, ingen tvil om det.

Tror nok at alt dette koker inn til at det er prestisjen som gjør det mulig å innta en markedsposisjon som den de har og prestisje er ikke noe man bare får utlevert. Den tar tid og opparbeide, koster mye, og krever bestemte holdninger.

Nå har jeg av såkalte sikre kilder fått høre at de, altså Rolex, ikke tjener pengene på klokker, men at det er deres store engasjement i eiendomsmarkedet som gjør at det virkelig svinger i den leiren. Om det er riktig eller ikke skal være usagt, men imponerende er det i hvert fall.

Ikke at det betyr noe, men selv er jeg en Omega mann, takket være en gave fra firmaet på min sekstiårsdag. Den har vært upåklagelig driftssikker nå i femten år, mens metallremmen måtte skiftes etter rundt ti år. Det siste muligens fordi jeg alltid spiller golf med den.

Når jeg tenker på de store navn innen golfutstyr, som sponser "idrettstoppene" med hundrevis av millioner og tenker på at for eksempel et sett med golfkøller koster mindre enn en god middag for fire på en norsk restaurant, kan jeg ikke unngå å tenke på hvordan dette er mulig, hvordan de får regnestykket til å gå opp.

Riktignok har man, bare i USA, noe sånt som sytten tusen golfbaner og vel tretti millioner utøvere, men allikevel.

Hva kan det egentlig koste å produsere et slikt sett? Kopier og pirater kjøper man for en brøkdel, men de har jo ikke det riktige navn og sponser heller ingen store navn innen sporten.

Som om det er produktene som forvandler den vanlige golfer til en profesjonell?

For den gjennomsnittlige golfer er det etter min mening bare marginale forskjeller på utstyrets innvirkning på resultatene, men det er jo godt å ha noe å tro på, eller for den saks skyld noe å sette skylden på.

Men, det er nok når alt kommer til alt ingen tvil om at utstyret betyr mye for toppene.

I min tid i kontormaskinbransjen var målsettingen i vårt firma at 5 % av omsetningen skulle anvendes til markedsframstøt. Det går opp og ned i alle bransjer og det gjorde det også den gangen, så det var ikke alltid man driftsmessig var i stand til å gjennomføre dette, men målsettingen var alltid klar.

Utstillinger tok en stor del av budsjettet, mens avisannonsering og litt senere i syttiårene TV annonsering, ble en viktig del av markedsframstøtene.

Gjentatte ganger hadde vi vår logo, de to røde elefantene, omkransende forskjellig engelske fotballarenaer som dekket de den gang, i Norge, svært så populære såkalte tippekampene. Vi benyttet også radioen til annonsering av våre intercom-anlegg.

Muligens er det et utslag av modenhet, vi er tross alt i "Vintage alderen", at vi nå til stadighet må innrømme at vi ikke helt får med oss hva det reklameres for når sikkert helt geniale TV snutter presenterer ett eller annet produkt for salg.

De konsulentene som i dyre dommer har solgt sine geniale ideer til oppdragsgiverne har antagelig med vilje holdt vår generasjon utenfor, som en uinteressant kundegruppe.

Vel, jeg er syttifem om et par måneder og det er knapt et år siden jeg kjøpte mitt siste golfsett. Dette skjedde uten påvirkning fra mediene, men var basert på en anbefaling fra en venn og meget habil golfer. Han er imidlertid ti år yngre enn meg og har sikkert ikke de samme erfaringer som oss, i hvert fall ikke med de TV snuttene som presenterer golf, for de forstår vi.

I mitt hode

I mitt hode har jeg en diode-
bak mitt blikk, skjer det mange klikk.
Her reguleres, åpnes og lukkes-
det frie kretsløp må aldri slukkes.
GM

Avhengighet
Desember 2013

Jeg tror at vi alle, i en eller en annen form gjennom alle stadier i livet, er avhengige av noen eller noe. Helt fra vi ser dagens lys for første gang er vi avhengige.

Ikke før er navlestrengen kuttet så er vi normalt prisgitt den som vi har vært avhengig av gjennom hele svangerskapet, men med den store forskjell at fra nå av kan andre steppe inn å overta ansvaret for vår videre utvikling. Uansett, vi er fremdeles avhengige og prisgitt noen.

Hvor i verden vi er født, under hvilke omstendigheter, fattig eller rik, den som tror at penger gjør en uavhengig tar skammelig feil; vi er alltid avhengige.

Kan man ikke gjøre seg uavhengig av avhengighet? Kun ved ekstreme manøvre ville jeg tro. Men ønsker man egentlig det?

Avhengighet er helt naturlig og har en selvskreven plass i dagliglivet.

Vi skal hele tiden lære, det være seg i eller utenfor den formelle lærdom de fleste av oss får gjennom skolegang.

Videre, når vi kommer ut i den virkelige verden, er det stadig et spørsmål om å lære.

Den dag man gir opp og sier at nå er det nok, nå er det ikke lenger noen vits i å lære mer, da er man virkelig på vei mot slutten.

Vi er, uansett hvordan vi ser på det, avhengige av andre for å lære.

Det heter seg at han eller hun er selvlært. Basis for å være selvlært må da være at man bygger på en basis man har lært og i så tilfelle, hvis man ser det isolert, er det vel mer snakk om indirekte å bygge på andres erfaringer og da er man jo avhengig av det.

Den utfordrende avhengighet møter et stort antall mennesker som av et utall årsaker trenger andre rund seg for å eksistere.

Jeg kan forestille meg, selv om dette ikke kommer fra egen erfaring, at de fleste i en slik situasjon vil gjøre det de kan for å gjøre seg uavhengig.

Dessverre vil dette i situasjonen ofte være en umulighet, man bare er og vil alltid forbli avhengig av andre.

Ovennevnte eksempler er relatert til menneskelig avhengighet. Hva så med de mer fjerne avhengigheter, de som de fleste av oss i det daglige kanskje ikke tenker så mye på.

For oss som er så heldige å vokse opp i den såkalte moderne verden er det naturlig at både rent vann og elektrisitet er der til enhver tid. Vi tar det som en selvfølge og beklager oss over den minste ubehagelighet som ofte er en konsekvens av et strømkutt, eller at vannet uteblir i noen timer fordi et rør har sprunget lekk. Her er vi inne på den materialistiske avhengighet og den er det mange nyanser av. Vi "bortskjemte" tar alt for mange ting for gitt, vi betaler jo for det gjennom skatter og avgifter, gjør vi ikke det?

Det appelleres til oss på skjermen til å sette av noen få kroner månedlig til de millioner av mennesker som ikke vet hva rent vann er og som knapt nok har kontakt med elektrisitet i sitt daglige liv. Noen må følge oppfordringene da vi ellers ikke ville se disse kampanjene presentert på TV.

Bilder av barn som drikker vann som vi andre ikke en gang ville blande sement med, og som går timevis hver dag til infiserte vannkilder for å hente disse, for dem, dyrebare dråpene.

Uansett på hvilket nivå, avhengigheten er der.

Vi har gjort oss totalt avhengig av mobil og Internett, samt et hav av andre tekniske remedier og føler at verden stopper opp hvis det en gang i mellom oppstår uregelmessigheter med disse. Ja, vi ønsker tydeligvis å være avhengige. Vi insisterer på det i vår daglige tilværelse ved stadig å hige etter å være på høyden med de nye og siste gimmicks. Dette gjelder naturligvis ikke alle, men helt klart de fleste av oss.

En annen avhengighet, og en som kan være langt mer alvorlig for den enkelte eller de det gjelder, er den avhengigheten som kan gå ut over helse eller som ofte kan ødelegge familieliv. Det er lett nok å si at her må man være på vakt, men jeg vil tro at det er så mange faktorer som spiller inn at enhver får tenke på seg selv og sine, og ellers i den grad man finner tid og interesse, engasjere seg i organisasjoner som man tror kan ha en positiv påvirkning når det gjaldt å bekjempe avhengighet og misbruk.

Selv har jeg heldigvis aldri stiftet bekjentskap med noen form for det jeg av manglende kunnskap, under en kam, kaller "narkotiske stoffer".

Fra jeg var sytten til jeg var tjuetre røkte jeg sigaretter.

Jeg sluttet fordi jeg i oppveksten slet med stadige mandel anfall.

Til slutt kom skriften på veggen, jeg ble innkalt til operasjon for å få dem fjernet. Min medfødte redsel for alt som har med sykehus og hvite frakker å gjøre, førte omgående til handling. Rekvisisjonen ble revet i stykker og den siste sigarett stumpet.

Frykten må stadig ha ligget i underbevisstheten, for jeg har helt frem til de siste tiårene til tider hatt meget ubehagelige mandel anfall, selv om jeg siden den gang aldri har røkt.

Noe helt annet er det med alkohol. Til tross for et jevnt tilsig av rødvin gjennom alle år fra jeg først oppdaget denne Bacchus gave under mitt nær toårige opphold i Italia som sytten attenåring og frem til i dag, noe som sikkert i manges øyne ville gjøre meg til alkoholiker, kan jeg ikke med min beste vilje si at negative sideeffekter på noen måte har fått meg til å sette glasset på hyllen. Har siden ungdomsdagene aldri hatt det man forbinder med "en dagen derpå", eller meg selv bevisst, andre skadevirkninger.

Volumet har holdt seg støtt og godt mer eller mindre på samme nivå gjennom de siste femti år.

Mens mine to døtre vokste opp hørte vi stadig om tragedier som resultat av at man hadde stifte bekjentskap med forskjellig "stoffer". Jeg tror jeg valgte den for meg enkleste vei ut av dette ved å gjøre det klart for dem at, uansett hvor glad jeg var i dem, alt annet ville jeg hjelpe dem med uansett hva det var, men rotet de seg bort i "narkotika" ville de måtte stå på egne ben.

Jeg har alltid ment at dette er noe den enkelte må takle på egenhånd. Har man rotet seg inn i den sirkelen er det kun en selv som kan komme ut av den igjen. Jeg er ydmyk og tolerant for alle syn på denne saken, men er selvfølgelig glad for at vi i familien så langt har sluppet unna i den sammenheng.

Ettersom jeg selv aldri har vært noen gambler, vet jeg heller ikke mer om denne interessen annet enn det jeg kan lese om de skjebner som kan ramme både familie og personen som ikke er i stand til måtehold i den sammenheng.

Igjen et spørsmål om personlig balanse og kontroll og fare for avhengighet. Det går sjelden direkte på helsen, men det er ingen tvil om at tragedier utspiller seg daglig og at mange familier er oppløst i forbindelse med gambling.

Å bruke men ikke misbruke, med andre ord å finne en gylden middelvei i forholdet til alle livets utfordringer må vel være det man bør strebe etter; men glem endelig ikke at man også skal leve det ene livet man har fått her på jorden.

Barnebarnet

Mai 2013

Til: Oscar George Manus-Aasmundtveit på dåpsdagen. 22.09.96.

Til deg vi venter på

Et under skal skje en gang i april,
din mor og far er lutter smil.
Vi er alle kommet på samme måte,
men hver gang er det en like stor gåte.

Dette til deg som skal komme frem,
jeg har hørt de har talt dem alle fem.
Fem på hver hånd og fem på hvert ben,
hold deg i rute, bli ikke for sen.

Din vekt er riktig to - tredel i løpet,
du sparker visst også, er riktig i støtet.
Vi vet allerede, du blir en gutt,
den er visst synlig om enn litt stutt.

Måtte du trives der hvor du er
å ikke bli din mor til besvær.
Gjør din entre når du skal og med skrik,
Så blir din bestefar glad og rik.

Dette ble skrevet i februar
og med spenning venter nå mor og far.
Vil du komme til tiden – vil alt gå bra –
eller gjør du deg vrien, vrang og sta?

Til deg som er kommet

Alt gikk bra, du hørte på bønnen
og oppførte deg som ønskesønnen.
En uke forsinket, du ble en tyr,
men gud for en herlig liten fyr.

Den første mai så du dagens lys
og mottok verden med gisp og fnys.
Du lignet sa alle på bestefar,
så du blir nok også en pokker til kar.

Du knapt nok får se at vår blir til sommer,
før du til Syden, til bestemor kommer.
Der blir du foret med sol-vitaminer
og om nettene sover du mange timer.

To måneder går før du vender hjem,
blir mottatt av alle med kyss og klem.
Her går du trøstig høsten i møte
og så vidt jeg kan se er du stadig i støtet.

I dag fikk du stadfestet navnet min kjære
og det skal du alltid bære med ære.
Aasmundtveit Oscar George Manus-
kanskje blir du den rene *Janus.

Et blikk rettet fremad og et tilbake,
drar du lærdom av det finnes ikke din make.

Kjære Oscar – vi hyller deg og ønsker deg all lykke på livets vei.
skål!
22.09.96.

Janus. *I Romersk mytologi guden for portene, dørene, døråpningene, alle begynnelser og enhver*
slutt.

Beskyldninger
Mars 2014

Spesielt i den tidlige barne og ungdomsalder, er det med rettferdighet et viktig element i alles liv. Dette fordi det er i denne fasen av livet man først stifter bekjentskap med rettferdigheten, gjerne i form av beskyldninger av forskjellig karakter, både de riktige og de uriktige. Straks oppdragelsen fokuseres på hva som er riktig og galt, og det er noe av det første man konfronteres med, stifter man også bekjentskap med beskyldninger.

De, beskyldningene altså, er en av mange helt naturlige faktorer i vår oppdragelsen.

Hvis man er så heldig at man på et tidlig tidspunkt i ens utvikling har klare begreper om hva som er riktig og galt er man heldig, men det kan svi ekstra hardt når man for første gang stifter bekjentskap med en gal eller uriktig beskyldning.

Beskyldes man for noe man har gjort og man er klar over at man har gjort det og at det var galt, er det andre betraktninger som automatisk settes i gang. Da kommer vurderingen inn om det er noe man vil innrømme eller ikke.

Bedømmer man konsekvensene store ved en innrømmelse er det vel bare menneskelig, som man ofte ser, at beskyldningene avvises som usanne.

Ikke det at jeg på noen måte vil forsvare at sannsynligvis "riktige" beskyldninger avvises, men i denne sammenheng kan jeg ikke unngå å nevne hvor utbredt dette er, blant annet i spansk politikk.

Det går sjelden en dag uten at nyhetene her er spekket med såkalte politiske korrupsjonsanklager. Anklagene synes, så vidt jeg kan bedømme, å være rimelig likt fordelt mellom de forskjellige politiske fraksjoner og med det fellestrekk at de alle i første omgang avvises helt til de blir bevist som riktige, eller, noe som dessverre etter min mening skjer alt for ofte, at de forblir påstander som ikke får konsekvenser og da gjerne fordi ikke tilstrekkelig bevis kan fremstilles. De blir bare stående som beskyldninger.

Det samme skjer sikkert i mange andre land, men nå blir det gjerne til at man følger litt ekstra med i det landet hvor man bor.

For øvrig er nok løgn noe av det første man lærer seg i livet, det skal jo tidlig testes ut hvor langt strikken kan tøyes og hvilke konsekvenser det får når den ryker.

Kanskje en egen refleksjon om løgnen kunne være på sin plass, men den får komme ved en passende anledning.

Den gale beskyldningen, eller den uriktige, er den som virkelig svir. Den kan selvfølgelig være basert på manglende informasjon som lett kan bringes tilveie og derved være med til å strø sand på misforståelsen. Saken oppklart uten videre konsekvenser, men er den uriktige beskyldningen så ensidig og standhaftig at den ikke enkelt lar seg motbevise, ja da kan det være fare på ferde.

Selv var jeg langt fra den mest eksemplariske skoleelev. Det skrantet med lekselesing og kunne jeg finne på noen rampestreker, og det hadde jeg gode evner til, så gjorde jeg det.

Naturlig nok, sett fra lærernes synspunkt, ble det derfor svært enkelt å laste beskyldninger, også for ting jeg ikke hadde gjort, over på meg.

Ingen alvorlige sådanne som jeg kan huske, men selv de få ganger det skjedde, sved det ekstra.

Rettferdighetssansen er nok for de fleste en sterk sans.

Innen politikk benyttes enormt mye av tiden de forskjellige partier har til rådighet i massemedia til beskyldninger mot hverandre.

Spesielt har jeg lagt merke til dette her i Spania. Uten at jeg har gjort meg detaljerte observasjoner slår det meg at i alle nyhetssendinger på TV som omhandler politikk, hører man mer eller mindre utelukkende svertende beskyldninger mot andre partier, mens det å fremheve sin egen politikk i forståelige ordelag hører sjeldenhetene til.

Vel, det gjøres sikker inngående studier på dette området og utfallet må antagelig være at dette er fremgangsmåten som skal til for å oppnå suksess, for ellers ville man vel ikke i vår opplyste tid være så dum og fortsette?

Er vi mennesker virkelig så dumme? I denne sammenheng må antagelig svaret være et klart ja.

Det bevisst å beskylde noen for noe man vet de ikke har gjort, er det utrolig nok mange som klarer å gjøre. Etter min mening må det ligge klare vinnings-motiver bak, eller dyptgående hevnmotiver. Eller kan det være at de som gjør det er totalt skruppelløse?

Hvordan kan det ellers være mulig, til og med som man ofte ser i retten, å begå en slik urettferdighet?

Såkalte justismord topper vel listen når det gjelder uriktige beskyldninger.

Ifølge Wikipedia blir betegnelsen justismord benyttet når en person med rettskraftig dom er dømt for noe vedkommende ikke har begått.

Opprinnelig ble betegnelsen brukt når personer feilaktig ble dømt og fikk fullbyrdet dødsstraff, men etter hvert som denne straffemetoden er blitt mindre vanlig eller avskaffet, har betegnelsen fått en utvidet betydning. Det sterke uttrykket "mord" er en illustrasjon av den kriminelle handlingen det er å bidra til eller forårsake et uskyldig menneskes dom og frihetsberøvelse.

Heldigvis skjer justismord ikke så ofte, men tenk hvilken meningsløs og desperat situasjon en person må befinne seg i som har blitt utsatt for en slik situasjon.

Uten å diskriminere franskmenn i sin alminnelighet kan jeg ikke la dette personlig opplevde eksempel på beskyldninger, eller rettere sakt reaksjon på en beskyldning, være unevnt i denne sammenheng.

Min kones nyanskaffede hvitlakkerte Hyundai, Model i 30, stod for anledningen parkert der den alltid står, utenfor vår leilighet, mens vi var bortreist et par uker og hadde tatt min bil til flyplassen.

Vel hjemme igjen og nesten umiddelbart etter at koffertene var i hus ringer det på døren. Vaktmesteren, som også sjekker vår leilighet når vi er borte, meddeler at han bare et par dager etter at vi hadde reist hadde sett naboen, den franske, rygge sin blå-lakkerte bil ut fra parkeringsplassen, også den en Hyundai, men en større modell. Ved et uhell, eller dårlig beregning, hadde han skrapet borti min kones bil og avsatt noen ganske kraftige blå merker i den hvite lakken. Vi hadde allerede når vi parkerte etter ankomst fra flyplassen, lagt merke til at hans bil som før vi reiste hadde hatt en del små-bulker på høyre side nå var nylakkert og uten en skramme.

Han hadde tidligere rygget inn i en av utelysene i innkjørsel og ødelagt denne, men hvordan små-bulkene var oppstått var selvfølgelig ikke noe vi hadde noe med.

Dagen etter tar min kone umiddelbart kontakt med franskmannen og på hennes morsmål, fransk, gjør ham oppmerksom på situasjonen.

Til hennes store forskrekkelse benekter han umiddelbart at han har hatt noe med saken å gjøre og henviser til at hans bil er nylakkert og uten en skramme.

Maken til utrolig frekkhet har jeg sjelden vært vitne til, men så er han da også en utrolig usympatisk variant av den franske arten.

Vår franske nabo leier huset han bor i og jeg betviler at han noen gang kommer til å lese dette, men skulle så skje så håper jeg han vil forstå hvorfor vi totalt neglisjerer ham.

Selvfølgelig kunne vi gått til sak og opplevet uendelig mye frustrasjon, men livet er for kort til det i vår alder.

Dette er en av de tilfeller hvor man strekker armene i været og sier til seg selv at: ”Hvor intet er, har selv keiseren tapt sin rett”. Jeg tenker ikke her på materielle ting; stakkars mann.

Mennesker av den type føler seg antagelig som vinnere, han sparte jo den utgiften.

Forståelse

Den som tror jeg ikke vet det-
har definitivt ikke forstått-
at ting har fått skje som jeg godt kunne se skulle stoppe-
hvis det ikke var for nettopp det-
at utvikling skjer ved vidsyn og offer-
ikke med nøkterne bremser som stopper.

Det har kostet å så- kanskje lite å få-
men alt veies opp mot det å forstå.
GM

Breithorn
November 2012

Den gang jeg tok toget fra Oslo til Milano i 1956, for å bli skolert i den lille byen Ivrea i bunnen av Aostadalen i Nord Italia, hadde jeg som reisefølge blant annet med mine slalåmski. Jeg var 17 år gammel og hadde fått vite at det var utmerkede ski-muligheter bare en times kjøring fra stedet.

Det var en lang reise med to overnattinger på samme tog. Hvorfor denne ingressen?

Jo, fordi eksportsjefen for Scandinavia som representerte Olivetti, den kontormaskinfabrikken vi var agenter for i Norge, og som skulle være min mentor under skoleoppholdet, selv var en tidligere "alpine guide."

Ettersom vi allerede var godt kjent fra hans mange besøk hjemme hos oss og han visste at jeg var en ivrig skiløper, hadde han ved flere anledninger sagt at han gjerne tok meg med på ski når det passet.

Hans navn var Dinko Podkrajsek; skrivemåten er antagelig ikke riktig. Jeg mener at han opprinnelig var fra Jugoslavia, men jeg er heller ikke helt sikker på det. Han døde for over 20 år siden.

Den episoden jeg vil fortelle om skjedde neste vår, i mai hvis jeg husker riktig, altså i 1957, og ble av flere grunner stående som uforglemmelig.

Hans vanligste utgangspunkt for fjellturer var den lille landsbyen Champoluc, som ligger i en sidedal opp fra Valle D`Aosta i den ene enden av det i dag kjente ski-området Monterosa, den gang nærmere to timers kjøring fra Ivrea. Vi må ikke glemme at dette skjedde for 55 år siden og at man da ikke hadde motorveien som i dag går gjennom hele dalen, St. Bernhard tunnelen og inn i Sveits.

Han hadde selv en liten, meget sjarmerende hytte der oppe, men for korte weekendopphold var det enklere å ta inn på et av de lokale hotellene.

Vi bodde der ved flere anledninger og jeg synes å huske at navnet var hotell Rosa.

Det var et lite intimt hotell som ble drevet av et ektepar.

Om det var han eller henne som stod for det kulinariske husker jeg selvfølgelig ikke, men storslagent var det de gangene vi satt i den lille restauranten med knitrende peis, herlig hjemmelaget mat og med dertil nydelig Barolo rødvin fra Piemonte.

Jeg hadde helt fra første stund av oppholdet forstått at vin til maten var obligatorisk og en del av den Italienske kulturen.

Det er rart med tilpasningsevnen når man er ung.

Det samme gjaldt språket. Etter bare en måned, ettersom jeg ble plassert i en klasse hvor det kun ble undervist på italiensk, ble det også helt naturlig at all kommunikasjon fra min side haltet av sted på det lokale språk, dog med en totalt manglende respekt for det grammatikalske.

Pakking av det som skulle medbringes på vår ekspedisjon neste dag samt klargjøring av ski og annet utstyr ble gjort i orden umiddelbart etter middagen.

For å kunne gjennomføre turen på en dag, måtte vi ifølge Dinko avsted før soloppgang.

Værmeldinger var tilsynelatende god så alt skulle ligge fint til rette.

Han hadde nok fortalt meg hvor vi skulle, men det hadde jeg ikke festet meg nærmere ved. Jeg var jo allikevel ikke særlig godt kjent i området, så destinasjonen kunne det være det samme med.

Det jeg hadde fått med meg var at vi fra Champolucs høydenivå på 450 meter over havet skulle arbeide oss oppover til vel fire tusen meter, altså nærmere fire kilometers høydeforskjell.

Så vidt jeg husker var det et meget begrenset antall skiheiser opp fra landsbyen den gang, og dessuten var skisesongen over, så vi kunne uansett ikke ha benytte dem. En annen sak er at vi startet mange timer før disse eventuelt ville åpnet.

Med en praktfull dypblå himmel over oss, solen var som sagt enda ikke våknet og langt fra stått opp, begir vi oss oppover med skiene på skuldrene.

Snø fantes ikke i området, vi var tross alt kommet et godt stykke ut i mai.

Selvfølgelig kunne vi i det fjerne og høyt oppe se hvitkledde topper, men det var alt vi forbandt med vinter, bortsett fra skiene som allerede etter kort tid kunne føles på skuldrene.

Vi gikk parallelt med og krysset et utall bekker med vann som i rasende fart begav seg nedover fjellsiden, som i en konkurranse om å nå først frem til Dora, hovedelven som går gjennom Valle D`Aosta.

Den passerte for øvrig rett utenfor mitt vindu der jeg bodde på Hotel Dora i Ivrea, på vei mot den store elven Po, som til slutt renner ut i Adreaterhavet syd for Venezia.

Alt er grønt rundt oss og det føles unektelig litt unorsk å traske opp steile skråninger med slalåmski ikledd selskinn på skuldrene, mitt blant rautende kuer.

Vi stopper ved jevne mellomrom for å leske oss i det krystallklare bekkevannet før vi igjen fortsetter oppover.

De siste gårdene blir endelig passert og fra nå av er det bare natur på alle kanter. Etter hvert flater landskapet ut, men skråner stadig oppover.

Rundt oss på alle kanter, for selve dalen vi var kommet opp fra var forsvunnet, ser vi imponerende snøkledde fjellkjeder, med sine for kjentfolk karakteristiske navngitte topper.

Solen har nå hatt seg en bedre frokost og strutter av energi mot en middelhavsblå himmel.

Stopp nummer en skjer når vi endelig kommer i kontakt med de første snøflekkene.

Glemmer ikke hvordan vi slo oss ned foran en stein-ruin av en gammel seter for å innta vår frokost.

Med spredte snøflekker som enda ikke hadde gitt opp den umulige kampen mot forsommerens favntak, dekkende større eller mindre flater, må solbrillene på plass.

Jeg glemte visst å fortelle at allerede før vi forlot hotellet, insistert Dinko på at vi begge to skulle iføres en maske av sol-beskyttende krem. Det var ikke spørsmål om å klatte litt krem i ansiktet, nei både ører og nakke måtte møysommelig dekkes. Det føltes som om man hadde tatt på en stiv gipsmaske som dekket all hud på hodet bortsett fra der luen satt.

Med min manglende erfaring med annet enn vanlig solkrem fra skigåing i Norge, synes jeg dette var å dra den vel langt, men han var jo sjefen.

Hittil hadde våre hvite ansikter vært en kontrast til alt det grønne, mens vi nå, med i hvert fall spredte flater av snø rundt oss, gikk ansiktsmessig mer naturlig i ett med omgivelsene.

En annen og langt mer interessant fargekontrast er den som på denne turen limte seg inn i minneboken.

Først når jeg nå skriver om denne hendelsen har jeg slått opp i informasjons-kildene for å finne navnet på den blomst som jeg den gang så i store mengder mellom disse snøflekkene rundt stein-ruinen, og som gjorde et uutslettelig inntrykk.

Denne utrolig vakre blomsten som jeg refererer til heter Gentiana, på latin Gentiana Brachyphylla. Dens blåfarge kan jeg ikke beskrive, den må opp-leves i de omgivelser hvor naturen har latt den få pryde omgivelsene. Dens utstråling og farge sett i kontrast til de hvite snøkledde fjelltoppene gir deg diamanten i naturopplevelser og, vel å merke, du finner den visstnok bare i denne type omgivelser.

Jeg innrømmer at alpefioler i forskjellige farger også er herlige, men selv om det finnes 22 forskjellige arter av dem, kan ingen måles med den art av Gentianfamilien som jeg opplevde den gangen.

Hvilken art det dreide seg om av de 400 familiemedlemmene skal jeg ikke gi meg ut på å forske i, men jeg tror det må være Gentiana verna, eller vårgen-tianaen. De kan visst gro opp til en høyde av 2600 meter

Ja, selv Edelweissen, "Løvens pote", kan i skjønnhet ikke plasseres foran denne.

Etter å ha nytt både medbrakt og de herlige omgivelsene, var det fremdeles et godt stykke før vi kunne spenne skiene på.

Kandaharbindingen og selskinnene, sammen med de såkalte beksømstøv-lene man brukte den gang, var løsningen på at man med slalåmski kunne bevege seg noenlunde komfortabelt oppover, selv i de bratteste helninger.

Nå var det bare å nyte tilværelsene. Ryggsekkene var ikke for tunge, så i det hele tatt var det en herlig naturopplevelse.

Solen var stadig på vei oppover, akkurat som oss.

Første mål var å nå isbreen med navnet Plateau Rosa.

Ordet Rosa har i denne sammenheng så vidt jeg forstår ingen ting med hverken fargen eller roser å gjøre men betyr simpelthen isbre.

Når Rosa derimot blir benyttet som navn på for eksempel et hotell, dreier det seg verken om isbre eller farge, men om rosen.

Er for øvrig slett ikke helt sikker på at dette er helt riktig.

Endelig når vi platået som ser ut som det er et islagt vann dekket av snø. Kan ikke angi størrelsen, men i erindringen står det for meg som en uendelig hvit flate. Delmålet var nådd, dette er Plateau Rosa.

Fra nå av fant Dinko frem et klatretau som han ville at vi skulle feste mellom oss. Med andre ord, plutselig var vi to sammenknyttede mennesker med maksimum avstand fra hverandre på rundt 10 meter.

Var han redd for uvær til tross for den praktfulle skyfrie himmelen? Kunne tåken plutselig overraske oss?

Han kom ikke med noen forklaring, men sa jeg fikk vente og se.

Tidligere hadde vi byttet om å trå løype, men fra nå av var det ikke snakk om det, han ledet an.

Refleksen av den intense solen som nå står rett over oss på den enorme hvite flaten, overbeviser meg om at uten vår tidligere omtalte beskyttelse ville vi blitt levende stekt. Nå derimot, kjennes masken som en nødvendig og naturlig kjølende faktor.

Vi staver oss fremover på et tynt snølag og dreier sakte mer mot den høyre siden, jeg tror det må ha vært den nordlige del av platået.

Med ett stanser Dinko og vinker til meg at jeg skal komme frem til der han har stoppet. Tar meg kun noen sekunder og nå frem, hvoretter han sier noe sånt som: Nå skal du se hvorfor vi er festet til hverandre.

Med sin medbrakte isøks som han har hengende på sekken, bøyer han seg ned og slår i snøen fremfor seg. Et drønn høres, og plutselig forsvinner denne i vel en halv meters bredde og rundt mellom femti og hundre meters lengde. Alt skjer i løpet av sekunder og det eneste vi ser nedover i sprekken er to isblå vegger så langt ned som solen gir lys, før det blir stummende mørkt i bunnen.

Hjertet mitt tar en ekstra pause på noen slag før jeg ser at Dinko tar av seg skiene og ber meg bli stående, hvoretter han kaster dem over på den andre siden av sprekken og selv hopper over.

For ikke å dramatisere gjør jeg igjen oppmerksom på at sprekken ikke var mer enn vel en halv meter bred, men når han ber meg gjøre det samme, er det med hjertet i halsen jeg følger etter.

Han behøvde ikke utdype nærmer hvorfor vi var bundet sammen.

Vi nærmer oss raskt kanten på platået, hvorfra den hvite flaten bare fortsetter oppover til den høyt der oppe, med kontrast til den blå himmelen, danner toppen av Breithorn i full bredde.

Til venstre har vi lenge sett den karakteristiske silhuetten av Matterhorn, som i motsetning til Breithorns høyde på 4165, rager hele 4478 meter over havet og er regnet som det sjette vanskeligste fjell i verden og bestige.

Breithorn, altså vårt mål, er derimot regnet som ett av de letteste.

På avstand var det vanskelig å se overgangen fra platået til fjellet, men når man kom nærmere var overgangen lett å få øye på.

Skiene måtte nå vike plass for angrep kun på støvler.

Disse ble påmontert en form for klatresko i stål så man ikke skulle miste festet.

Jeg ser, når jeg nå går detaljene nærmere etter i sømmene, at stigningen opp er på rundt 35 grader. Dette høres slett ikke særlig bratt ut, men jeg kan forsikre leserne om at jeg følte det helt annerledes den gang. Det var som om det var en steil hvit vegg vi skulle klatre.

Med tauet godt forankret mellom oss og med isøksen i Dinkos høyre hånd, bar det sakte men sikkert oppover, ett steg av gangen, i de innhuggene han gjorde med øksen i den is-harde snøen.

Jeg mer krabbet enn stod oppreist, allerede følende at dette nok ikke var mitt rette element. Men, her var det ikke snakk om å vise svakhet, pyse fra Norge var ikke det man ønsket som ettermæle etter en utflukt som dette.

Jeg mistet fort telling på tiden da jeg hadde mer enn nok med å følge takten i Dinkos angrep på fjellsiden.

Hvor lang denne klatreturen var, altså fra Plateau Rosa og opp til toppen har jeg ingen erindring om fra den gang, men jeg ser nå at platået ligger på 3480 meter Oppstigningen er altså 685 meter med 35 grader helning.

Selv nå i ettertid har jeg ingen formening om hvor lang tid oppstigningen tok.

Plutselig ser jeg Dinko som en silhuett mot himmelen. Han har slått av toppen av isen og laget et lite platå som han står på. Bare synet av at han helt uanstrengt står der og skuer rundt, får meg nesten til å kaste opp.

Etter å ha tatt meg alvorlig sammen der jeg mer eller mindre ligger fremoverbøyd med ansiktet nær is-snøen, finner jeg frem fotografiapparatet og tar et bilde som jeg fremdeles har som minne.

Jeg har det nå helt klart for meg at fra der Dinko står er det bare to veier, den ene hvor vi er kommet fra og den andre rett ned i Sveits.

I den grad jeg kan se uanstrengt ut, tar jeg de siste 8 -10 meterne med en mer oppreist holdning og idet jeg når toppen foran hans føtter slenger jeg det høyre benet over så jeg blir sittende, eller kanskje mer liggende på skrevs over selve eggen.

Om jeg kanskje satt i utgangspunktet, varte det ikke i mange sekunder, for i neste øyeblikk ser jeg rett ned i Zermatt i Sveits og ansiktet får umiddelbart kontakt med isen.

Alle forstår at det ikke er bokstavelig rett ned, men slik fortoner det seg, med en høydeforskjell på to og en halv kilometer, Zermatt ligger på 1600 meter.

Slik blir jeg liggende en stund før jeg får samlet meg. I den samme liggende posisjon blir fotografiapparatet forsiktig lirket frem igjen, og nok et bilde tatt av Dinko, stående.

På mitt spørsmål om han ikke kan sette seg svarer han at han nyter utsikten bedre stående.

Hva hvis jeg sklir utfor til en av sidene spør jeg? Ingen problemer er svaret, da lar jeg meg bare gli ned på den motsatte, det er jo blant annet derfor vi er bundet sammen.

Det var i dette øyeblikk jeg for første gang innså hva virkelig høydeskrekk representerer. Den har sittet i meg siden og er like intens i dag som den gang jeg først oppdaget den på toppen av Breithorn.

Så lenge vi var på toppen rikket jeg meg ikke av flekken. Lå i samme posisjon hele tiden, men fikk heldigvis etter hvert delvis kontroll over nervene og tatt inn de storslagne omgivelsene.

Det var adskillig lettere å se bortover Breithorns rygg og opp på Matterhorn, enn ned i Zermatt.

Veien ned igjen gikk i de samme sporene som Dinko hadde laget med isøksen på vei opp, men denne gang med meg først, bakover med ansiktet klistret mot is-snøen og han etter med stramt tau.

Vel nede på platået igjen ble det en pause der skiene stod, hvor inntrykkene kunne fordøyes sammen med litt medbrakt niste.

Vi var allerede kommet godt ut på ettermiddagen.

Det kan umulig være tvil om at Dinko til fulle hadde innsett at den tøffe, til tider noe storkjeftede unge norske skiløperen nok hadde fått en lærepenge når det gjaldt opplevelser av denne art og at han nok etter dette hadde fått ekstra respekt for naturen.

Så bar det vider over platået i retning Cervinia som ligger på to tusen meter. Vi skulle med andre ord rundt femten hundre meter ned.

Herlige tanker når vi gjorde oss klar etter at selskinnene var pakket i sekken. Foran oss lå dagens skimessige høydepunkt.

Jeg hadde tidligere vært i Cervinia og tatt heisen opp mot Platau Rosa for å stå ned den løypen som den gang ble benyttet blant annet til konkurranser i Speed-skiing.

Med eggeformede hjelmer, spesielle drakter og spesial-ski, er dette verdens hurtigste sport uten bruk av motor. I dag er rekorden, som måles over hundre meter midt i en løype på opp til 45 graders helning, på over 250 kilometer i timen.

For oss gikk det også fort, men jeg tviler på om vi noen gang kom opp i så mye som halvparten av den farten.

Vel nede i Cervinia ble vi møtt av en venn av Dinko som hadde kjørt dit fra Champoluc for å hente oss.

Rimelig utkjørt etter strabasene ble det nok for meg en biltur hvor naturinntrykkene vek plassen for drømmer rundt dagens opplevelser.

Kvelden og middagen på Hotell Rosa husker jeg ikke noe av, dagens inntrykk hadde nok vært for sterke.

Som man forstår etter dette egner jeg meg dårlig til tinde-bestigelser.

Fine ski-opplevelser i vakre naturomgivelser har jeg hatt et uendelig antall av senere i livet både i Norge, Sveits og Østerrike, men aldri kan noe sammenlignes med denne maidagen i Italia med Dinko, da vi besteg Breithorn.

Livet

Jeg har levet livet-
jeg har opplevet livet.
GM

Det er det jeg alltid har sagt
September 2012

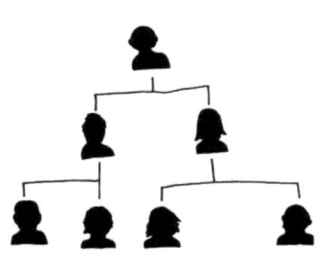

Hvor ofte har man ikke hørt denne frasen. "Det er det jeg alltid har sagt", eller, "det er det jeg alltid har ment". Sagt eller ment er i og for seg det samme for det jeg legger i disse uttrykkene.

Uansett, de kommer fra den del av befolkningen som er "følgere" eller "diltere". Disse uttrykkene hører man sjelden eller aldri fra ledere.

Skulle ha tatt fatt i dette emnet for 20 - 30 år siden, den gang jeg for meg selv, og kun det, analyserte disse og andre lignende uttrykk.

Nå, like mange år senere, blir sikkert ikke denne refleksjonen så presis som om jeg den gang hadde satt den på papiret.

Tiden sliper hjørner og sort hvitt får sine grå nyanser.

Feil mann eller kvinne på feil sted oppdages ikke så lett før man ser resultatene av deres prestasjoner.

I denne sammenheng går det mer på mellomledersjiktet, ikke på toppledere, og så visst ikke på gulvplanet.

En toppleder vil aldri benytte de ovenfor nevnte uttrykk. Ikke fordi han eller hun er seg bevisst at de ikke skal benyttes, men nettopp fordi det ligger i deres natur at uttrykk av denne art ikke hører hjemme hos dem.

Sett fra en toppleders synsvinkel er det så enkelt som at hvis du "alltid har sagt det", eller "ment det over tid", så har du selvfølgelig allerede gjort noe med det, altså er det for lengst en tilbakelagt utfordring.

Jeg er ikke på noen måte ute etter å diskriminere mellomledere, men er redd at mine egne praktiske erfaringer forteller meg at det nettopp er her de største personalutfordringene i næringslivet ligger.

Der står striden om kompetanse, prestisje og posisjon.

Her er det at strategier lagt opp av toppledelsen blir omformet til praksis og skal videreføres rundt i organisasjonen.

Oversettelsen av budskapet oppfattes ulikt og videreføres forskjellig. Den tekniske stab for eksempel, har ikke de samme forutsetninger for å oppfatte budskapet som den kommersielle, eller omvendt, og selvfølgelig ikke når budskapet allerede er drøvtygget av mellomledere med forskjellige oppfatninger.

Dette ble sikkert en drøy munnfull, så tilbake til uttrykkene.

Når det må ryddes opp i forskjellige utilsiktede konsekvenser av utført ledelse, er det sjelden eller aldri at den såkalte person på gulvet kan klandres.

Tvert imot, vedkommende har sikkert så klare oppfatninger av sitt arbeid og av hva som forventes av vedkommende, at et angrep her blir som i gamle dager når visergutten i fortvilelse over sin oppfatning av sjefens instrukser eller holdning, sparker til sykkelen.

Dette siste uttrykket har sikkert for mange ingen mening, for hva er vel en visergutt i dag?

Her er det mellomledere, og dem er det som regel for mange av, som må i ilden.

Hvorfor det som regel er for mange kokker og at det blir for mye søl, ligger etter min mening i sakens natur.

Jeg må her skynde meg å tilføre at mine erfaringer som leder ligger 10 til 15 og mange flere år tilbake i tid, og at man sikkert er kommet mye lenger i dag når det gjelder disse "forretningsmessige" utfordringene.

Den gang skiftet ikke mennesker arbeid som man i dag skifter skjorte. Det eksisterte noe som kaltes lojalitet til bedriften. Ansatte ble i bedriften og derfor ble det med tiden "laget" posisjoner som sikkert ofte var rimelig kunstige. Det ble også ofte sett mer på ansiennitet og erfaring enn på mer rasjonelle forhold som basis- utdannelse.

Dette resulterte gjerne i et unaturlig stort mellomledersjikt som ikke direkte bidro til å minske utfordringene.

Ingen må forstå meg dit hen at jeg ikke tror at mange, også i dag, har sterk lojalitet til bedriften de arbeider i, men utviklingen har skapt andre og forskjellige verdinormer.

Med mellomledelsen i ilden ble ofte spørsmål stilt om hvorfor det eller det ikke skjedde sånn eller sånn og om vedkommende ikke var enig i de avgjørelser som ble tatt av ledelsen. Videre om vedkommende forsto at det var hennes eller hans ansvar å sette avgjørelsene ut i livet?

Da kom det ofte frem, som i fortvilelse at jo da, det var forstått fullt og helt og "det er det jeg selv alltid har sagt og ment".

Med andre ord, det var ingen mangel på lojalitet og enighet, men evner til gjennomføring manglet helt.

Mens det nettopp er gjennomføring som er mellomlederens ansvar, forstår man at når denne form for svar fremkommer, avsløres det tydelig at feil person er satt i en lederposisjon.

"Følgeren" eller "dilteren" har selvfølgelig sin fulle berettigelse, bare ikke som ansvarlig leder.

En helt annen og selvfølgelig langt viktigere side av denne saken er at det er toppledelsens ansvar at de rette person havner i mellomledersjiktet.

Som sagt, hadde jeg grepet fatt i dette temaet for 20-30 år siden, ville sikkert innholdet bli klarere fremstilt, mens min holdning til problemstillingen ville vært den samme.

Mellomveien

Svaret er alltid mellomveien å gå.
Slik var det hos Aristoteles og slik er det nå.
Ikke for grådig og ikke for raus
Ikke for aggressiv, forbli heller taus.
Ikke for ondt og ikke for godt.
Slik har jeg det hele forstått.
GM

Dirigenten
September 2010

Det er noe helt spesielt med dirigenten. Ikke den dirigenten som dirigerer trafikken, selv om noen har laget rene kunststykker ut av det.

På engelsk heter han eller hun conductor, som oversatt til norsk betyr konduktør og beskrives som en som selger billetter på tog eller buss.

En buss konduktør heter på Engelsk a bus conductor.

Det er heller ikke han eller hun jeg tenker på. Dessuten er visst det yrket, i hvert fall i Norge, utdøende på grunn av automatisering.

Det er han eller hun som taktsetter, koordinerer, inspirerer, intonerer, kort sagt, via et orkester eller sangkor avleverer en personlig innpakket presentasjon av en komponists musikkstykke eller sang, til sitt publikum.

Hva som gjør den ene dirigenten bedre enn den andre skal være usagt, men det er for en utenforstående utrolig å se hvilken innlevelse de fleste har under utøvelsen.

Personligheten, selve utstrålingen, er nok av spesiell verdi for musikernes inspirasjon og derved utfoldelse. Rytmen og takten bestemmes helt og holdent av dirigenten.

Har alltid beundret dem for det utrolige kjennskap til musikk og de musikalske egenskapene som de må besitte.

Man forestiller seg alltid dirigenten med en taktstokk i hånden.

Hvorfor det heter taktstokk vet jeg ikke, men for meg er det mer naturlig å kalle den en taktpinne, det dreier seg jo om en pinne og ikke om en stokk.

Vel, alt har en bakgrunn og når det gjelder å dirigere har det seg visstnok slik at betegnelsen "stokk", i denne sammenheng, opprinnelig kommer på bakgrunn av takttramping på gulvet.

På Engelsk heter taktstokken "Baton". Nå går det visst over alle grenser. Jeg trodde det var et instrument som politiet benytter for blant annet å holde demonstranter i sjakk. Den har i hvert fall lite å gjøre med en pinne.

Det er vel bare å akseptere realiteten og ikke fordype seg i sånne små detaljer.

Først etter 1850 ble det vanlig at orkesteret ble ledet av en dirigent. Før det ble den oppgaven visstnok gitt til en av de ledende instrumentalistene i orkesteret.

Spenningen er til å ta og føle på når et fullt symfoniorkester er ferdig stemt og dirigenten kommer frem på senen og inntar sitt podium.

Det er antagelig ikke rangen som gjør at han står høyere enn i hvert fall de nærmeste instrumentene, men mer nødvendigheten av å bli sett av musikerne.

Det er jo han eller hun som dirigerer og da må vedkommende kunne ses av alle.

Det blir mange han eller hun beskrivelser her, men man skal jo ikke diskriminere. Prosentvis er det antagelig veldig få kvinnelige dirigenter i forhold til mannlige, men de er der og er ganske sikkert like dyktige i faget som sine mannlige kolleger.

Etter mottagelsesapplausen er de første sekundene før taktstokken heves i klarposisjon, preget av total stillhet før det braker løs.

Det er for øvrig slett ikke alltid tilfelle at det braker løs. Ofte kan noen spede toner være begynnelsen på store mesterverk.

Har festet meg ved at en dirigent av et sangkor sjelden eller aldri benytter taktstokk; jeg har i hvert fall aldri sett det.

Man ser som regel denne, som arbeider uten annet verktøy enn seg selv og som ofte ser ut til å synge med; men hvorvidt han benytter stemmen eller ikke skal være usagt, jeg har aldri funnet ut av det.

Jeg har ingen musikalsk bakgrunn og leser ikke noter. Min mor derimot spilte piano i sin ungdom og ville gjerne at jeg skulle ta spilletimer.

Det er faktisk noe jeg alltid senere har angret på at jeg ikke gjorde.

Derimot ble jeg i mer moden alder svært glad i klassisk musikk og gleder meg også over opera og ballett.

Ikke det at jeg setter meg dypt inn i detaljene rundt komponister og utøvere, men gleden og god-følelsen av å lytte til klassikk musikk er alltid der.

Grunnet at vi bor I Syd Spania er det dessverre lenge mellom de ganger vi får med oss levende musikkutfoldelser. Til gjengjeld gleder vi oss over blant annet Spansk TV2 som spesielt på lørdag formiddag presenterer konserter av alle kategorier, med alt fra fulltallige symfoniorkestre til den mer beskjedne kammervarianten.

I bilen står for øvrig radioen alltid innstilt på den Spanske Radio Classica.

Under min skoletid i Italia fikk jeg med meg en opplevelse som jeg kun senere forstod var helt spesiell.

Jeg var så heldig å bli invitert til La Scala i Milano for å overvære Manon Lescaut av Puccini.

Hadde nettopp fylt 17 år og var langt mer opptatt av jenter enn av opera eller klassisk musikk generelt, men selvfølgelig lød dette spennende.

Husker ikke enkeltheter fra forestillingen, men stemningen var ekstatisk fra første stund. Jeg mener at Herbert Von Karajan svingte taktstokken og at Maria Callas sang Manon Lescaut.

Dette må ha vært helt fantastisk og sikkert en unik opplevelse for skjønnere, mens jeg må innrømme at på det tidspunkt forstod jeg nok ikke hvor unik denne forestillingen var. Ikke desto mindre, senere har det gått opp for meg at jeg antagelig var vitne til noe av det største som har skjedd innen sin sjanger.

Etter at jeg skrev "dirigenten" og refererte til mitt besøk på La Scala ble jeg plutselig litt i tvil om det var både Callas og Karajan jeg så i samme forestilling. Under mitt Italia-opphold ble det 2 besøk på La Scala og jeg må innrømme at jeg godt kan ha gått litt surr i det, tross alt ligger det 55 år tilbake i tid.

Jeg konsulterte derfor min bror som er allvitende på den slags.

Dette ble jeg enda mer forvirret av når jeg ble presentert med alle forestillinger på La Scala med Callas, i perioden 56 og 57, og da med forskjellige dirigenter. Jeg velger derfor å la det stå som det gjør vedrørende denne episoden

Er det bare noe jeg innbiller meg eller er det som regel noe spesielt med hårfasongen til de mannlige dirigentene. Enten brusende og viltert, eller langt, av og til med hestehale. Uansett, det står for meg som om de fleste har mye hår.

Jeg har for øvrig ikke lagt merke til noe spesielt med hårpryden til de kvinnelige dirigentene.

Så vidt jeg har kunnet registrere er det bare pianister som er så heldige å ha noen til å bla frem i notene etter hvert som musikken fremføres.

Alle andre instrumentalister må gjøre dette selv og her kommer det litt spesielle etter min mening: Tenke seg til at den opphøyede dirigenten, selveste sjefen, ikke er privilegert til å ha en "note-vende-slave". Kanskje er tilbudet der, men at han selv velger å stå helt på egne ben?

Jeg har bare en gang sett en dirigent sitte mens han dirigerte. Han var imidlertid 98 år gammel, fra Valencia og hadde som den første jeg har sett, til og med en "note-vende-slave" sittende ved siden av seg.

Så begeistret og beundrende er jeg overfor dirigenter at jeg for en tid tilbake kjøpte et trykk av den norske, noe spesielle men etter hvert godt kjente kunstneren Pushwagner, som etter min mening på beste måte gjengir en dirigent i sin fulle innlevelse.

Får du høre at du ikke er god til det eller det,
så ta det som et kompliment.
Vi skal ikke alle være gode til alt.
Er man god til det man er god til,
så blir vi alle gode på vår måte.
GM

Erfaring
Oktober 2013

Det hviler noe pretensiøst over ordet erfaring. "Erfaring tilsier at...".

Som en generell bemerkning lar man det nok i de fleste tilfeller passere uten nærmere refleksjon, men kommer det i forbindelse med seriøse innlegg presentert av mennesker med autoritet bør man nok spisse ører.

Hvor ville vi vært uten erfaring? Ville vi ikke da bare gjenta det samme, det være seg om gjentagelsen i utgangspunktet er riktig eller gal.

Hva ville være prosenten for om gjentagelsen er riktig? Igjen et spørsmål om opprinnelsen.

Erfaring er noe vi i dagliglivet ikke er oss bevisst, tror jeg. Det bare er ufravikelig slik, for de fleste av oss, at vi automatisk trekker slutninger med bakgrunn i våre erfaringer og ubevisst foretar små eller store korreksjoner.

Denne form for erfaring er antagelig en av de vesentligste faktorer som er med på å utvikle oss, og det forhåpentligvis gjennom hele livet. Det ville jo være svært kjedelig om vi på et tidspunkt sa til oss selv at nå får det være nok med erfaring, fra nå av skrur jeg av den bryteren.

På en måte blir det det samme som at man strekker armene i været og sier at nå har jeg ikke mer å lære, det er ikke lenger noen vits med den læreprosessen.

Lykkeligst er de som bevisst er innstilt på å ta til seg lærdom, helt til sin siste dag.

Det er selvfølgelig slik at gjennom teoretisk lærdom får man også erfaring, riktignok ikke praktisk.

Er det så noe som kan kalles åndelig erfaring i motsetning til praktisk erfaring?

Først eksempelet med at man gjennom skole og universitet får en akademisk utdannelse. De erfaringer man har fått som resultat av sine studier er selvfølgelig verdifulle og nødvendige, får man håpe, når det gjelder søknad om den stillingen man ønsker.

Men, selv om yrkesvalget ikke er direkte praktisk, men av mer akademisk art, kommer spørsmålet om praksis frem. Da står man der med eksamenspapirene og stiller stort sett i klasse med alle de andre søkerne. Uansett hvem som får stillingen og hvilke kriterier som ligger til grunn for det, kan man spørre seg selv om hvem som skal dekke kostnadene til den erfaring som må opparbeides for at jobben skal kunne gjøres skikkelig.

Hvem skal bekoste de erfaringene som man etter hvert tilegner seg i det praktiske liv?

I den sammenheng blir det nok arbeidsgiveren som må investere for a kunne dra full nytte av utdannelsene, og det er sikkert som det skal være. Man kan jo naturlig nok ikke være rustet til oppgavene man blir tillagt før man har tilegnet seg erfaring.

Det andre eksempelet er utdannelsen, den av mer grunnleggende karakter, som etter hvert kan kombineres med praksis i næringslivet innen det yrket eleven tenker a etablere seg i. Denne kombinasjonen av skole og praktisk erfaring er etter min mening den desidert beste når det gjelder praktiske yrkesvalg, hvis den fremdeles eksisterer i en eller annen fungerende form.

På den tid jeg begynte å arbeide, på slutten av femtitallet, hadde vi flere lærlinger ansatt i firmaet. De skulle kunne nå fremt til svenneprøve eller fagprøve.

De var ansatt på serviceavdelingen, gikk på lærlingkontrakt og hadde, hvis jeg ikke husker feil, en eller to dager i uken fri til å gå på yrkesskole for å tilegne seg teoretisk utdannelse.

Så vidt jeg forstår er denne ordningen for lengst erstattet av andre, men jeg har ikke satt meg nærmere inn i dette.

Spørsmålet er om ikke lærlingeordningen, gjerne i en mer modernisert form enn den vi hadde den gang, ville være bedre og mer interessant for mange med mer trang til a komme tidlig ut i et håndverk, enn å kjempe seg gjennom høyere teoretisk utdannelse med liten eller ingen interesse for dette.

Jeg har hørt at lærlingeordningen praktiseres med hell blant annet i Sveits, og det at man i England stadig henviser til at det må skapes flere apprenticeship, som jeg mener lærlingeordningen heter der, tar jeg som et tegn på at denne utdannelses-formen stadig regnes som den beste når det gjelder praktiske fag.

En arbeidssituasjon for unge, som innebærer en kombinasjon av teoretisk og praktisk opplæring, har jeg stor tro på.

Tenk om andre kunne lære av våre hardt tilegnede erfaringer, så mye bedre alt ville bli?

De som har det synet står overfor kortsynte og meningsløse tankemåter etter min mening.

Man må selv være herre over sine erfaringer; jeg går så langt som til å hevde at det kun er gjennom egne erfaringer man kan komme videre.

Her ser jeg selvfølgelig bort fra aksepterte erfaringsplattformer i alle deler av samfunnet, som er fremkommet som resultat av generell forskning og vitenskap.

Slike erfaringer hører med i all teoretisk utdannelsen på alle nivåer og danner derved automatisk, i de fleste tilfeller, en positiv ballast.

I den sammenheng er det klart at det kan dras lærdom av andres erfaringer.

Nå må man ikke tro at alle erfaringer er av det gode og det er det nok ingen som gjør. Alle har i en eller annen form også hatt dårlige erfaringer.

Konklusjonen blir at det egentlig betyr lite om erfaringene man gjør seg er gode eller dårlige, bare man tar lærdom av dem.

Dårlige erfaringer trigger ikke til gjentagelser, mens de gode helst bør inspirere til sådanne.

Jeg tror det kan være bra for oss alle å fokusere litt mer på erfaringene. Tenke gjennom hvilke erfaringer man har gjort seg i livet, av den kategori som man mener har vært av betydning for ens utvikling, og bevisstgjøre disse.

De fleste av oss er, tror jeg, utrustet med en god eller mindre god fortrengningsevne. Jeg kaller denne evnen en sikkerhetsventil.

Vi kan ikke bare fylle på med for mange negativiteter, spesielt gjelder dette de dårlige erfaringene vi til tider gjør oss.

Vi bør nok prøve å fortrenge noen av disse når vi føler at det er nødvendig for å opprettholde en akseptabel erfaringsbalanse.

Den beste erfaring som nok har vært med på å prege min utvikling mener jeg å ha tilegnet meg under min skoletid i Italia i nittenfemtiseks og femtisju.

Smilet er som sand på isen, du går tryggere.
GM

Fantasi og kreativitet
Mars 2014

Det at jeg tok fatt på fantasien en gang til og da nøyaktig ett år etter den første, var et rent arbeidsuhell. Manglende orden i PC-en og en hjerne som ikke følger med, gjorde at jeg dro til med nok en fantasi. Jeg må ha glemt å stryke overskriften fra listen etter at den første var skrevet. Antagelig er min underbevissthet svært opptatt av og fokusert på fantasien, men at det er mulig å angripe den nå igjen uten å huske at det samme temaet ble behandlet for ett år siden, kan ikke være noe godt tegn.

Istedenfor å kalle dem Fantasi 1 og 2, skiller jeg dem med referanse til henholdsvis "Fantasi og produktutvikling" og "Fantasi og kreativitet".

Når det gjelder fantasien, så er det vel her som i så mange andre sammenheng at vi mennesker er utstyrt med forskjellige mengder.

Om fantasi er en egenskap som kan mengde måles vet jeg ikke, men mine observasjoner tilsier i hvert fall at vi alle er utstyrt med mer eller mindre av denne, sett fra min side, utrolig viktige egenskap.

Selv om vi alle sikkert mener å ha det klart for oss hva fantasi betyr, skader det ikke med en kvikk stadfesting av at ordet kommer fra det greske "phantasia", som igjen kort forklares som evnen til å forestille seg noe ukjent, ikke tilstedeværende eller ikke eksisterende.

Nå hadde det sikkert ikke vært av det gode om vi alle var utstyrt med fylt tank av denne ingrediensen. I rimelig mengde tror jeg imidlertid at fantasien er med på å stabilisere oss. Vi trenger den i det daglige hvis ikke alt skal bli stereotypt og kjedelig.

Fantasi og drøm, er det noe som går i ett? Vi kan vel egentlig ikke bestemme hva vi skal drømme. De, drømmene, bare kommer som de kommer, og når de kommer.

Dette gjelder selvfølgelig bare de drømmene vi opplever når vi sover. Noe helt annet er det vi forbinder med dagdrømmerier, for de fremmaner vi vel helst i bevisst tilstand. I disse dagdrømmeriene ligger det normalt noe negativt sett fra omgivelsenes synsvinkel. Dette fordi man virker fjern, ikke tilstedeværende; ja, nettopp det at man bevisst styrer tankene mot helt andre områder enn de som er relevante i øyeblikket.

Nok om drømmene, de behandles separat.

Fantasien derimot, er noe man til en viss grad selv kontrollerer, hvis man da slik jeg ser det, er så heldig i utgangspunktet å være utstyrt med en klype av denne ingrediensen.

Uttrykket å fantasere virker vel for de fleste av oss noe useriøst. "Hun eller han bare fantaserer". Men, kan det ikke ligge noe kreativt i det?

"Bruk din fantasi" er et ofte brukt uttrykk. Mener man med det at den man ber "bruke sin fantasi" gis frie tøyler til improvisasjon og til å gå ukonvensjonelle veier for å løse en utfordring eller oppnå noe?

Dette høres kreativt ut, men forutsetningen er selvfølgelig at der som forutsettes å bruke sin fantasi også har evnen til det.

Noen er nemlig etter min mening blottet for fantasi, det er nesten som de aldri kan bringe tankene utenfor den slagne landevei og da blir det hele mye vanskeligere.

Ikke nødvendigvis for dem, for de har et snevrere syn på det saken gjelder, altså et fantasiløst syn.

Videre er det de som, gitt i oppdrag "å bruke sin fantasi", spontant tenker at her ligger muligheten til å gå helt utradisjonelle veier og gjerne velger fremgangsmåter som strekker seg utenfor akseptable metoder.

Ligger det derved i dette at det er et ansvar i noen sammenhenger "å bruke sin fantasi"?

Ubetinget er svaret ja, igjen etter min mening.

Jeg benytter stadig "etter min mening" fordi jeg klart ser at her som ellers kan andre ha helt divergerende syn.

Jeg mener å ha observert at noen som jeg mener bestemt har fantasi, fortrenger denne.

Kan det være av frykt for å tråkke utenfor den såkalt slagne landevei?

Tror man at man kan unngå utfordringer ved å kneble fantasien?

Vel, hvis noen føler seg vel til rette med det, så er jo det helt greit, vi er heldigvis alle forskjellige.

Det er vanskelig ikke å blande inn kreativitet når man gjør seg tanker om fantasien. Det føles som om de to hører sammen, som om det må fantasi til for å være kreativ. Men om det samme gjelder den andre veien stiller jeg et spørsmål ved; altså om kreativitet krever at man har fantasi?

Om fantasien sies det blant annet at den skiller seg fra kreativitet ved å være "kognitiv". Ja vel, da er vel den saken i orden, ikke sant? Da burde det vel ikke være vanskelig å holde begrepene adskilt?

Dette blir enda klarere når vi ser at uttrykket "kognitiv" ofte opptrer som motsetning til det følelsesmessige eller intuitive og at det har å gjøre med erkjennelse, oppfatning og tenking.

Om kreativitet sies det blant annet at den egenskapen handler om kunnskap innenfor et område. Videre handler det om kunnskap om kreative prosesser, altså ulike metoder for nytenking.

Som i så mange andre sammenheng handler det også om motivasjon.

Ikke usannsynlig at du ble klokere av dette; jeg har imidlertid store problemer og forstår først nå at jeg som har gått rundt og trodd at jeg både har fantasi og en rimelig grad av kreativitet, må ta rev i seilene og kanskje slutte å fantasere om det.

Men, hvis jeg fortsetter å fantasere kreativt på min måte, så kan det kanskje til slutt komme noe positivt ut av det.

Intet er bedre enn følelsen av god samvittighet.
GM

Forståelse
Oktober 2013

Tenk hvilken forskjell det ville bli hvis vi mennesker en dag virkelig forstod hverandre.

Selvfølgelig er dette ikke sort hvitt, vi forstår selvfølgelig hverandre når det gjelder det meste, i hvert fall når det gjelder de store linjene, men nyanser og tvister oppstår ofte som et resultat av at vi mener å ha forståelse, men så har vi det ikke allikevel.

Spesielt gjelder dette når det kommer til detaljer og små men viktige nyanser. Nødvendigvis ikke noe galt ment fra noen av partene, men det er ofte bare slik at nyanser i oppfattelsen gjør at det ikke blir den helt riktige forståelse.

Ligger det så i dette postulat at vi generelt ikke forstår hverandre og at det ville bli en vesentlig forskjell den dag vi mennesker virkelig forstod hverandre? Ja, jeg mener bestemt at vi i for stor grad ikke forstår hverandre og at det fører til uanede utfordringer så vel i våre snevre dagligliv som i en større nasjonal, internasjonal og global sammenheng.

Først må det en erkjennelse til når det gjelder hva som menes med å forstå hverandre.

Det går ikke her på så enkle ting som forskjellig språk og at det i den sammenheng ofte sniker seg inn misforståelser, noe som i seg selv kan være grobunn for uenighet. Dette selv om begge parter i en kommunikasjon tilsynelatende snakker samme språk.

I enkel kommunikasjon er det klart at hovedlinjene stort sett forstås.

Det er nyansene og detaljene som ofte teller mer enn man aner, også i denne sammenheng. Det er dette vi må erkjenne hvis noe av innholdet i denne refleksjonen skal ha mening.

Vi må erkjenne at går man i dybden i en kommunikasjon, skjer det lett at viktige detaljer og nyanser nedtones eller forsvinner og at den dypere mening ikke kommer tydelig nok frem, eller, sagt på en annen måte, kommer til forståelse.

Er årsaken den at det hele blir for komplekst? Hvis det er tilfelle, burde det ikke da være motsatt? Mange oppfatter ikke dette og bra er sikkert det, for vi skal vel ikke alle fordype oss for mye i detaljer.

Jeg har en del egenerfaring på dette med forståelse når det gjelder forskjellig språk.

Min kone gjennom de siste femten år er sveitsisk, og ettersom hun er fra Genève er hennes morsmål fransk.

Jeg snakker ikke fransk og har av forskjellige grunner heller aldri hatt særlig sans for å lære meg dette språk, så vår kommunikasjon går på engelsk, et språk som for oss begge i livets utgangspunkt var ukjent.

Hun har riktignok bodd i Spania i vel førti år og tidligere vært gift med en engelskmann i vel tjue av dem, mens engelsken for mitt vedkommende stammer fra skolen, opphold i utlandet og senere forretningsliv.

Hennes vokabular er rimelig stort, mens mitt nok er mer begrenset. Ikke desto mindre går kommunikasjonen etter min mening svært bra i det daglige.

Nå er vi jo også for lengst havnet i kategorien "vintage", og det har utvilsom sine positive sider når det gjelder kommunikasjon, fordi modenhet ofte også medfører at man tilegner seg en større grad av toleranse.

Om ikke andre mener det så gjør man det i hvert fall selv.

Det blir lett å finne forståelse for misforståelser når man kommuniserer på et språk som for begge er tillært, og man, det vil i denne sammenheng bety begge, er utstyrt med en klype fleksibilitet.

Forståelse er nødvendigvis ikke alltid positiv. Såkalte forståsegpåere er for eksempel ikke nødvendigvis udelt sympatiske, men det betyr selvsagt ikke at folk uten forståelse, på noen måte automatisk kan stemples som sympatiske.

Uttrykk som: Jeg har forståelse for dine synspunkt, eller lignende, benyttes ofte i diplomatisk sammenheng. Der dreier det seg om å tilnærme seg hverandre gjennom å gi og å ta.

Resultat gjennom forståelse og tilnærming, gjør detaljer og nyanser viktige.

I politisk sammenheng appelleres det ofte til å vise forståelse; man maner derved til diplomatiske løsninger.

Kan vi så lære å forstå hverandre bedre? For meg står det helt klart at vi kan det, hvis vi bare først erkjenner at det ofte er forståelse for detaljer og nyanser som skal til for å oppnå et balansert samliv.

 Er man seg det bevisst kan man i mange sammenheng, gjennom å søke gjensidig forståelse, komme et godt stykke videre mot enighet, men lett er det ikke. Forøvrig skal vel ikke målsettingen være at man skal være enige i alt.

Styrke

Når det handler om styrke vi tenker på stål,
men fremstå det kan som den mykeste ål.
Med varme kan mangt få andre former,
og derved skapes det nye normer
GM.

Modenhet

Skrukkete armer og bøyde knær,
hvem står deg egentlig nær?
Er det det man ser og det man lukter,
som uttrykker hvem man er?
Man kan skjule det meste, men ikke det beste-
det ligger alltid der.
Det er det vi står for, det er det vi går for,
som preger oss hver og i sær.
GM

Følelser
April 2014

Alt i livet må ha med følelser å gjøre. Uten følelser ville menneskeheten ikke overlevd.

Direkte fra oppslagsverket omtales følelser blant annet som emosjoner og affekter. Emosjoner er flere sammensatte sinns-reaksjoner, så som glede, sympati, medfølelse, sorg, avsky og så videre. Dette blir kanskje klarere hvis man tar eksempelet med at det er umulig å være glad på oppfordring. Det må ligge følelser bak.

Dette var innledningen, nå mer direkte, det å ta og føle på følelsene. Jeg har på følelsen at de fleste av oss har klare oppfatninger om følelsene.

Følelser er noe alle stifter bekjentskap med allerede fra meget tidlig alder.

Barn viser helt uforbeholdne og ubevisste følelser; herlig uskyldig.

Det må skilles mellom de ekte og de falske følelsene. Vi føler nok alle rent intuitivt hva som menes.

Ærligheten må her som i alle sammenhenger i livet settes i høysetet og da blir alt dette mye enklere.

Bortsett fra i ganske få unntak som jeg ikke mener det er grunn til å gå inn på, er det ingen vits i å gå på kompromiss med ærligheten, da det kun er et spørsmål om tid før avsløringen kommer og da med uventede og som regel ubehagelige konsekvenser.

Hva ville kjærligheten være uten følelse? Svaret sier seg selv, gjør det ikke det? Ekte kjærlighet kan ikke eksistere uten følelser, og det betyr at kjærlighet basert på falske følelser ikke har noe med kjærlighet å gjøre. Bastant oppfatning? Absolutt, men stadig etter min mening, da jeg er overbevist om at det finnes de som vil kunne argumentere for noe annet; dem om det.

Det å vise og uttrykke følelser er svært personlig. Hos de aller fleste sitter nok denne egenskapen dypt, men det vil ikke på noen måte si at de som kanskje utad har vanskelig for å vise eller uttrykke følelser ikke har denne egenskapen, kanskje ofte tvert imot.

Tillit og trygghet kan ofte være den faktor som skal til for dem til å åpne for sine følelser. Uansett, alt med følelser dreier seg om en hårfin balansegang, som, hvis det ikke kommer naturlig, heller ikke er riktig.

Det å føle for noen er svært forskjellig fra å føle med noen.

Medfølelse er en spesiell form for følelse som ikke direkte går på en selv.

Den er en følelse man gir til andre i form av sympati og forståelse. Er den naturlig fra den som gir den, slår god-følelsen tilbake som en boomerang og da føles den svært god.

Det er viden kjent at dyr har sanser som vi mennesker ikke har og forstår. Det sies at de kan føle kommende jordskjelv, stormer og andre naturfenomener.

Fordi vi mennesker mener at vi har kontroll over så mangt, tilsidesettes at vi også besitter sanser av spesiell karakter. Ingen tvil etter min mening om at slike sanser hos oss var mer fremtredende i fordums tider, men det er vel slik at evolusjonen gjorde oss til mer "moderne" menneske og som et resultat av dette minsket behovet for urgamle sanser mens andre tok plassen.

Ikke desto mindre ligger det stadige etterslep fra den gang vi var mer lik dyrene.

Alle er seg nok ikke dette like bevisst og hvorfor skulle de være det, ettersom behovet egentlig ikke er der i det daglige.

Uttrykket "jeg kjenner det på gikta" er bare et i samme kategori og høres kanskje veldig bestemorlignende ut. Uansett, åpner du bare din skepsis-dør litt på gløtt, er nok ikke dette så fjernt at ikke de fleste både har hørt det og kanskje selv følt det.

God-følelser, blandede følelser eller dårlige følelser. Jeg tror nesten alle greit kan skille mellom disse tre følelsene, det vil si ganske presist identifisere seg med den av de tre som passer inn i en situasjon. Hvorfor, jo, fordi man har det på følelsen.

Likeledes tror jeg det er enkelt for de fleste å beskrive andre som enten følelsesløse, følelseskalde eller følelsesvarme.

Verre er det kanskje med riktigheten av svaret hvis man skal beskrive seg selv.

Jeg er ikke helt klar over hva som menes med; "å lytte til musikk med følelse". Det refereres antagelig ikke til at musikken har følelse, eller kan den ha det? Nei, det er vel heller slik at ens følelser engasjeres når man lytter til spesielle musikkstykker man føler for. "Feelings".

Hittil har det dreid seg om den emosjonelle følelsen og den utrolige sans den representerer, hvis følelse ellers kan karakteriseres som en sans.

Hva så med den fysiske siden, den som har med det å miste følelsen å gjøre? Begrepet blir for vidt å ta fatt i, men det er etter min mening ingen som helst tvil om at de som i en eller annen form har stiftet bekjentskap med den del av følelsene, og det er langt flere enn man tror, har sine egne spesielle utfordringer å forholde seg til. Kanskje det ofte blir slik i den sammenheng at man velger å holde de følelsene for seg selv.

Føler ikke du også at det er noe riktig i dette?

Etter at denne refleksjonen om følelser var satt på papiret mente jeg å huske at jeg i to tidligere refleksjoner har vært i nærheten av følelsene, og riktignok, når jeg tittet etter fant jeg den om "følsomme hender" fra april 1994 og den om "følsomhet" fra mai samme år.

Jeg må innrømme at det blir for omfattende for meg og nå skulle til å se om det er noen selvmotsigelser eller gjentagelser med i spillet, men en eller annen form for sammenheng mellom følsomme hender, følsomhet og følelser må det vel antagelig være.

Kanskje noen orker å ta en titt på det?

Min jobb er å kreere, å finne veien.
Andre får nivellere og asfaltere.
GM

Førerkortet
Mai 2013

Jeg kan ikke huske at det var noe som het førerkort den gang jeg var aktuell kandidat for a å ta sertifikatet, men det spiller jo ingen rolle.

Uansett, førerkort er naturligvis en mer presis betegnelse på dokumentet som gir en rett til å føre en bil, motorsykkel eller ethvert annet kjøretøy som krever det; man er ikke i tvil om hva det dreier seg om. Et sertifikat kan gjelde så mangt.

Igjen må det litt bakgrunnsstoff til for at man skal kunne forstå sammenhengen i det som kommer.

Min stefar Max må på mange måter ha vært en perfekt farsfigur, ikke det at jeg bare så de positive sidene, men ett er sikkert, han holdt aldri tilbake når det gjaldt og la meg slippe til med frihet under ansvar. Den friheten har jeg alltid satt stor pris på og mener selv at den sjelden, i hvert fall ikke bevisst, ble misbrukt.

I forbindelse med førerkortet kom dette til uttrykk på en, i hvert fall hvis man sammenligner med i dag, ikke helt tradisjonell måte.

Jeg tror at det allerede må ha vært i 1947 at min mor fikk sin nye engelske Morris Minor. Temmelig uvanlig den gang, i Norge, at det kunne kjøpes noe annet enn Moskvich fra Russland, som ny bil, og lisensene for kjøp satt langt inne.

Max hadde imidlertid tjent noen penger i England, som et resultat av at hans krigsbøker ble utgitt der, så da gikk det visstnok greit med å få lisens.

Det varte antagelig noen år før jeg fikk slippe til, men sikkert er det at jeg allerede som tolvåring kjørte frem og tilbake på gårdsplassen, ut til porten og vel tjue meter forbi, for der å snu i innkjøringen til naboen og så tilbake igjen.

Det var bare for meg å spørre om lov først og så holde meg strikt til regelen om ikke å kjøre en meter lenger enn avtalen gikk ut på, så var det i orden.

Blant flere forskjellige bilmerker Max hadde etter krigen, hadde han på dette tidspunkt en brukt Amerikansk Chrysler DeSoto med en form for halvautomatisk giring. Dette var en stor og kraftig doning og den ble blant annet brukt til å trekke en hjemmesnekret snøplog for å rydde den godt to-hundre meter lange innkjøringen fra hovedveien, frem til garasjen og videre til hovedhuset.

Vi hadde mye moro når dette skjedde. Plogen måtte delvis styres og holdes nede med vekt, så vi var alltid noen meget frivillige gutter til den jobben.

Etter svenneprøven på Morrisen slapp jeg til på denne, langt større, amerikaneren.

Alt dette resulterte i at jeg som fjorten femtenåring, som uregistrert medlem av heimevernet, ved enkelte anledning av Max ble satt til og utførte jobben som stabs-sjåfør under øvelser. Han var områdesjef og bestemte det meste.

Som alle forstår ble det med regler taklet litt annerledes den gang, i hvert fall av Max. Dette selvfølgelig til stor glede for meg.

Den praktiske del av kjøringen var derfor i boks flere år før aldersgrensen for førerkortet. Max lot meg etter hvert også kjøre på offentlige veier når han satt ved siden av, så dermed kom teorien også kvikt på plass.

Det vil med andre ord si at når jeg som syttenåring dro til Italia for å gå på skole, var jeg, i hvert fall ifølge meg selv, klar når det gjaldt bilkjøring.

Det ble scooterkjøp allerede fra starten av det første året i Ivrea i nord Italia.

Fra teknisk utdannelse i nord til kommersiell skole i Firenze.

Tidspunktet nærmer seg raskt min atten-årsdag. Jeg har for lengst funnet ut hvor det relevante kontoret for søknad om førerkort holdt til og var klar til aksjon.

Det som følger må ses i lys av at året er 1957, et lysår før en verden med moderne kommunikasjon og data.

Innfinner meg den 14de mai, min 18 års dag, på det angjeldende kontor i god tid før åpning, og setter meg til å vente.

Kan ikke huske om kølappen var oppfunnet den gang, men uansett, førstemann til skranken var meg.

Viser frem mitt engelske pass, forklarer at jeg kommer fra Norge og sier at jeg gjerne skulle ha et førerkort. Ekspedienten er hyggelig nok og ber om å få se mitt norske førerkort.

Jeg hadde selvfølgelig lagt en slagplan og uten å nøle forteller jeg ham at i Norge er det ikke nødvendig med førerkort, videre at jeg går på Olivettis skole i Firenze og at jeg har tenkt å kjøpe bil. Om han i det hele tatt har hørt om et land med navn Norge vet jeg ikke, men om så, har han antagelig ikke peiling i hvilken verdensdel det ligger.

Jeg skynder meg å fortelle at jeg har kjørt fra jeg var seksten, og ikke som sant er, for ikke å gjøre det hele for utroverdig.

Han er tydeligvis usikker og henvender seg til en kollega.

Personlig tror jeg at dette med at jeg gikk på Olivettis skole var utslagsgivende. Det stod den gang en enorm respekt i Italia rundt alt som hadde med Olivetti å gjøre.

Etter å ha spurt meg om jeg hadde tenkt å kjøre i utlandet, noe jeg svarte ja til og forklarte at jeg hadde tenkt å kjøre hjem til Norge på ferie, sier han at da må det bli snakk om et internasjonalt førerkort.

Han gjorde det klart at det første som måtte gjøres var å ta en medisinsk test.

Det kunne jeg gjøre rett over gaten, han pekte på et kontor på den andre siden av den brede avenyen som bestod av minst ti-femten meter brede fortau på begge sider med fire kjørefelt mellom og med trær som lignet på kastanjetrærne i Bygdøy Alle i Oslo.

Med en erklæring derfra kunne jeg komme tilbake. Han gir meg en lapp med navnet på legen.

Heldigvis ingen kø, så det hele så greit ut. Legen må sikkert ha gjort forskjellige undersøkelser, men det eneste jeg husker og som ble grundig gjennomgått var å lese tall fra en tavle og å strekke først høyre og så venstre ben frem og rotere foten rundt begge veier.

Alt i orden, skjemaet utfylt, men stadig på hans side av skranken og han med et stempel i høyre hånd.

Husker ikke hvor mange lire det dreide seg om, men det rette beløp ble presentert. Idet han løfter stempelet stopper armen idet han ser på meg.

Jeg ser tilbake og armen senkes sakte. Det samme gjentar seg en gang til, før jeg forstår hintet.

Noen flere sedler plasseres på skranken, stempelet går i luften og havner på rett plass på papiret.

Smil og håndtrykk med påfølgende lykke til.

Vel tilbake til utgangspunktet venter det en liten kø. Vi nærmer oss siestatid og flere av de ventende forsvinner da de ikke regner med å slippe til før luken stenges.

Tar ingen sjanse men blir sittende. Kort til etter blir jeg vinket frem og avleverer legeerklæringen. Den samme ekspedient nikker gjenkjennende og sier at nå gjenstår bare det praktiske.

I og med at jeg hadde kjørt i to år var det vel etter hans mening ikke nødvendig med teori, fordi skiltene var jo stort sett internasjonale.

Det var imidlertid slik at jeg uansett måtte vise mine kjøreferdigheter.

Jeg ble med et formular i hånden henvist til et lokale nede på fortauet, som på denne siden av avenyen i femti meters lengde bare hadde en smal stripe for fotgjengere, da resten var avsperret for bilkjøring.

Jeg ble stilt en del spørsmål før jeg ble plassert i en liten Fiat og bedt om å kjøre frem til avsperringen og rygge tilbake. Tror ikke jeg kom lenger enn til andre gir før det var stopp og jeg rygget tilbake.

Her var det også snakk om å betale, men denne gangen hadde jeg lært trikset. Stempelet gikk i været kun en gang før det traff papiret og jeg fornøyd vandret opp igjen med "bestått" stemplet på dokumentet.

Fra nå av var det bare snakk om formaliteter. Detaljene angående disse hadde man ventet med, det kunne jo henne at jeg ville stryke i det praktiske og i så tilfelle ville jo de detaljene være unødvendige. Rasjonelt skal det være.

Alle vita ble notert til minste komma og når alt var klart fikk jeg beskjed om å komme tilbake dagen etter, medbringende en angitt bunke lirer.

Neste dag opprinner og med store forventninger innfinner jeg meg igjen foran skranken. Har alt gått bra eller.....?

Fra en skoeske på sidebordet henter ekspedienten frem en konvolutt som han åpner med et smil, jo da alt var klart.

Denne gang var det snakk om et for meg den gang anselig beløp, mener det var rundt hundre kroner, så jeg hadde talt opp den angitte sum som jeg presenterte.

Nå var det ikke snakk om et stempel, men det lå i luften at konvolutten ikke bare ble overlevert sånn uten videre.

Mens han fomlet ekstra lange med kvitteringen skred jeg til handling, hvoretter han med et ekstra smil og lykke til overbrakte konvolutten, som for meg var verdt gull.

Der står jeg med et internasjonalt førerkort i hånen, som er datert og som er gyldig til, jeg husker ikke hvor lenge.

Før jeg dro fra Ivrea hadde jeg solgt Vespaen for tilsvarende ni hundre datidens kroner og betalt depositum på et par hundre for en Lancia Aprilia, som totalt skulle koste det som tilsvarte åtte hundre kroner. Med kostnader for førerkortet på rundt hundre, betød det at Vespaen ble byttet i en fullt kjørbar Lancia Aprilia 1949 modell, som i Italia gikk under navnet "La Regina della Strada", eller oversatt noe sånn som "Landeveiens Dronning".

Det var etter datiden en meget avansert bil med firesylindret V motor med plenty av hestekrefter, men ettersom det var førerkortet det dreide seg om i denne historien, får jeg inntil videre la videre episoder med og om den ligge, til inspirasjonen eventuelt kommer og minnene dukker opp.

Takk

Kjære Gud ta vare på mine tanker-
det er deg som bestemmer hvorhen de vanker.

Uansett hvor jeg ønsker at de meg skal føre-
la underbevisstheten styre, det du vil jeg skal gjøre.

Tanken er tollfri og uten grenser-
for oss ja men ikke for deg som senser.

Du vet hva vi tenker, når garden vi senker-
det er deg som åpner og lukker for lenker.
GM

Haken

November 2012

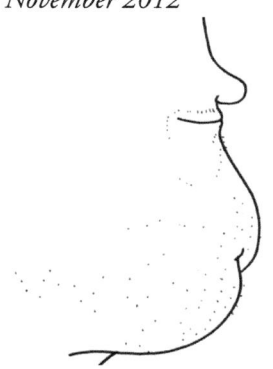

Uttrykket "hva er haken ved det" står noe uklart for meg, og om det har noe å gjøre med den haken jeg her tenker på vet jeg ikke.

Betyr ikke uttrykket noe sånt som "hva er ulempen/fellen ved det"?

Ikke vet jeg, men hvis det er tilfelle så skulle altså haken, den jeg tenker på, ikke ha noe og gjøre med hverken ulempe eller felle. Vel, det kunne være interessant å se nøyer på dette ved leilighet.

Kunne ikke dy meg, måtte litt videre. Eureka, på engelsk heter uttrykket "What's the catch", med andre ord lett og assosiere med krok, altså fiskekrok eller fangstkrok, ikke den i hjørnet.

Nå begynner det å bli orden på det hele. Jo da, klart det er en fangstkrok eller fangst. Enda klarere på engelsk med, hva gjør for eksempel en "hooker" annet enn å få en stakkars mann på kroken?

Denne form for hake har med andre ord intet å gjøre med min.

At den haken jeg gir meg i kast med er plassert nederst i ansiktet og under munnen er vi nå alle klar over.

Hvorfor den er der og hva dens oppgave er, skal foreløpig være usagt, men vi får tygge litt på det.

Jeg antar at det er få som vet svarene, for slår man opp i Wikipedia må man nøye seg med min beskrivelse, nemlig at hanken er plassert nederst i ansiktet, under munnen.

Som om vi ikke alle vet det. Har noen sett en hake plassert over munnen.

Det ville jo være helt vanvittig, der har vi jo nesen, så hvordan skulle det da også bli plass haken.

Jeg må allikevel medgi at Wikipedia går litt videre, de sier også at kløft i haken er arvelig.

Det siste er jo noe man ikke behøver være særlig intelligent for å forstå, de fleste av oss kjenner jo som et eksempel igjen Douglas-ene, både far Kirk og sønn Michael. Han født 1916 og sønnen i 1944. Selv om hans opprinnelig navn var Issur Danielovitch og at han var Russisk, er de vel begge et godt eksempel på arvelighet av hakekløften.

Fenomenet ligger sikkert ikke bare i russiske gener.

Uansett, naturen pleier ikke å utstyre oss med remedier som ikke er tiltenkt spesielle og vanligvis bestemte roller.

Det er klart at det nederste tannsettet er hengslet med det øverste slik at vi kan tygge, men hadde det ikke da vært greit nok med bare en solid plattform hvor tennene i det vi kaller undermunnen var festet, og kunne gro fra?

Nei så enkelt skal det selvfølgelig ikke være, tungens betydning midt i det hele veier tungt i denne sammenheng.

Bare prøv selv og beveg tungen med lukket munn og føl hvor stor plass den egentlig har til å bevege seg på. Betydningen av tungens bevegelse er avgjørende for forming av det vi sier.

Med dette mener jeg lydene som kommer ut, ikke hva som sies selvfølgelig, det er det jo hjernen som ordner med.

Nå er vi kommet litt videre med årsaken til at vi har en hake, men hvorfor er den da ikke mer lik enn den er fra individ til individ?

Noen har en utpreget hake, den typen som stikker frem, ofte forbi munnen. Andre har ikke hake i det hele tatt, men er dette hos menn er det jo ofte at de anlegger et kledelig skjegg for å bøte på saken.

Samme årsak men med et annet fortegn er at når menn har underbitt, altså at undertennene gjerne skyter litt frem foran overtennene, ja så anlegger man en mustasje for å opprettholde det som antagelig oppfattes som en passende profil.

Nå må ingen forstå meg dit hen at hver gang man ser en mustasje eller et skjegg så har vedkommende hatt ovenstående motiv for å anlegge dem, lang ifra.

Ja her er det plutselig mye å tenke over.

Jeg har aldri fundert på i hvilken grad kvinner er opptatt av sin egen hake.

De er som ellers rimelig opptatt av seg selv og det får vi menn bare være glade for.

Det varierer sikkert som alt annet, jeg mener det med kvinnenes opptatthet av egen hake, men da jeg spurte min kone om dette i forbindelse med denne refleksjonen, mente hun at i hennes tilværelse er hun ikke spesielt opptatt av sin.

Den er da heller ikke spesielt fremtredende og ikke en del av det som hver morgen tildeles stor oppmerksomhet foran speilet.

Hun nevnte heller ikke at hun var spesielt opptatt av en manns hake, men at den størrelsesmessig helst bør være proporsjonal med de andre innretningene i ansiktet.

Hun føyer forresten til at hun er glad hun ikke har en "utstående" hake, så noe opptatt er hun nok av den når alt kommer til alt.

Jeg nøyer meg med dette og stopper her, da jeg ellers lett kan havne på tynn is og risikere overtramp.

Er det noe med at et kraftig hakeparti representerer bestemthet, og det motsatte en ikke så bestemt og mer flakkende holdning?

Uansett om dette er riktig eller ikke og hva leseren ellers mener, det er nok ikke så enkelt som det.

Det er nærmere å tro at det er helheten som bestemmer.

Er for eksempel en stor nese ofte relatert til et kraftig hakeparti, eller kjempes det om dominans mellom de to?

Ja, her blir det enda mer å ta til ettertanke.

Når det gjelder informasjon om haken har jeg for øvrig ikke tittet i annet enn Wikipedia, det kan jo godt hende at andre oppslagsverk har mer utfyllende informasjoner.

Jeg utgir meg selvfølgelig ikke som dommer, men er for mitt eget vedkommende rimelig fornøyd med både nesen og haken, og ettersom min mor stadig gjennom min oppvekst fortalte meg at hun ikke hadde mye til overs for menn med hår i ansiktet, som hun kalte det, vokste jeg opp som en lydig sønn og har aldri lagt meg til verken skjegg eller mustasje.

Det kan vel ikke være så enkelt som det, men min mor ble tidlig skilt fra min far, sin første mann, han var engelsk og hadde mustasje.

Fysisk styrke alene trekker sjelden det lengste strå.
GM

Hemmeligheter

April 2013

Alle har erfaringer med hensyn til hemmeligheter, gode som dårlige.

Enten det dreier seg om en hemmelighet man har for seg selv, eller en hemmelighet man deler med noen, så er man seg den bevisst. Man blir hele tiden minnet om den og at man ikke må røpe den til noen andre, for da er det jo ikke lenger en hemmelighet. For øvrig skal man være ytterst forsiktig med å dele en hemmelighet med andre, for da blir det jo ikke ens egen personlige hemmelighet lenger og man har ingen garanti for hvor den ellers kan havne.

Er det noe som heter en offentlig hemmelighet? Uttrykket hører vi ofte og da i den sammenheng at offentligheten vet om den uten at den offisielt er bekreftet.

Jeg tror den beskrivelsen treffer.

Her er det selvfølgelig ikke lenger snakk om en personlig hemmelighet.

En annen offentlig hemmelighet, men fra en litt annen vinkel, er boken med tittelen "The Secret", eller "Hemmeligheten". Den er skrevet av Rhonda Byrne. Selvfølgelig er den det motsatte av en offentlig hemmelighet, den er jo ikke hemmelig i det hele tatt, ettersom den kan kjøpes og leses av alle.

Min kone og jeg fikk den for noen år siden som en hyggelig hilsen fra en meget sympatisk profesjonell kvinnelig golfer som vi spilte sammen med i en såkalt pro-am, profesjonell/ amatør konkurranse, på vår lokale bane Valle del Este hvor vi er medlemmer. Hennes navn er Alison, hun er fra England og skriver som sin hilsen i boken:

"To George and Marianne, I hope this book brings you as much joy, inspiration & happiness as it has to me. Lots of love Alison".

Jeg har lest den flere ganger med stor glede og anbefaler den til de som er nysgjerrige på livet og åpne for inntrykk vi vanligvis ikke får med oss i det daglige.

Jeg har gitt den bort til flere venner, på forskjellige språk.

Ellers har vi det som kalles en hvit løgn, den uskyldige som liksom glatter over og ikke setter det store svinghjulet i gang.

Har man det samme når det gjelder hemmeligheter, altså de hvite?

Tror ikke det.

Hva med den uskyldige hemmeligheten, den som er basert på at man har et snev av dårlig samvittighet fordi man har holdt noe tilbake, men da i en sammenheng som man synes er relativt bagatellmessig?

Kan denne betegnes som en bagatellmessig hemmelighet?

I så tilfelle må den vel være av så liten betydning at det ikke betyr noe om den ikke forblir en hemmelighet, så hvorfor ikke da like godt kvitte seg med den?

Det slår meg at en av de virkelig store hemmelighetene forble en hemmelighet selv om den må ha vært kjent av svært mange mennesker.

Det sies at den siste verdenskrig ble betraktelig forkortet, nettopp fordi de involverte maktet å holde på hemmeligheten uten at den ble kjent for tyskerne.

Jeg tenker i denne sammenheng på de kjente tyskbygde krypteringsmaskinene "Enigma".

Disse gjennomgikk en gradvis utvikling, men så dagens lys allerede umiddelbart etter den første verdenskrig. De ble av det tyske militæret brukt i nesten alle sammenhenger når det gjaldt kommunikasjon, opp mot og under hele den siste storkrigen.

I mai 1941 ble den tyske ubåten U-110 kapret av engelskmennene med både Enigmamaskin, kodebok og manual. Til sammen ble det visstnok etter hvert 7-8 maskiner med tilbehør de allierte fikk tak i.

Toppfolk fra en rekke land ble satt til å bryte kodene, noe man til slutt maktet, ikke minst ved hjelp av spesialister som Alan Turing og andre fra blant annet Polen.

Etter dette kunne man med stor grad av riktighet følge med på kommunikasjonen innen tyskernes forskjellige våpengrener, og ikke minst mellom basene og ubåtene.

Så kan man spørre seg selv om hvordan det er mulig at dette ikke ble kjent for tyskerne, selv om det nok var mistanker til at de allierte på en eller annen måte hadde tilgang på informasjonene?

Det ble nedsatt granskningskommisjoner, ikke minst på grunn av Karl Dønitz mistanker om at Enigmakoden var løst av Vestmaktene, men det ble aldri bevist at så hadde skjedd.

Det er utrolig at denne hemmeligheten, som tross alt var kjent av mange, aldri slapp videre til tyskerne.

Hva så med Operasjon Overlord, de alliertes navn på invasjonen i Normandi, den såkalte D dagen, den sjette juni 1944?

Her må det ha vært et utall mennesker involvert.

Selv en måned etter landgangen i Normandie var tyskerne visstnok av den oppfatning at det bare var en avledningsmanøver og at den virkelige landgang ville skje i Calais – området.

Ingen kan med sikkerhet si hva denne hemmeligheten har betydd for varigheten av krigen, men sikkert er det at hvis tyskerne hadde hatt alle resurser på plass på det rette sted, ville mye sett annerledes ut.

Igjen, hvordan er det mulig at landgangen i Normandie kunne forbli hemmelig.

Riktignok hadde engelskmennene vært utrolig flinke til å lage avledningsmanøver i form av kunstige fly, tanks og annet materiell konstruert av seilduk og finer, som de plasserte i Syd Øst England, altså i nærheten av den korteste overgangen mellom Frankrike og England, der hvor tyskeren antok at invasjonen ville skje.

Deres observasjoner fra luften gav klart inntrykk av at det var her forberedelsene ble gjort.

Disse to siste eksemplene på hemmeligheter er nok relativt sjeldne, selv om det også i fredstid er viktig at nasjoner verner om sine interesser og derved ofte tyr til hemmeligholdelse.

Hva skulle man med spioner hvis ikke det var tilfelle?

Når det gjelder de mer jordnære og uskyldige hemmeligheter er det nok den kvinnelige del av befolkningen som inntar ledelsen.

Her går det fra "secret uplifts", til skjulte innlegg av variabel art både her og der, samt større eller mindre inngrep for å rette på det man mener vil bringe mer skjønnhet.

De fleste av disse hemmelighetene er imidlertid sjelden virkelig hemmelige. Menn er kanskje ikke så naive som kvinnen tror, men hvem har vel et ønske om å rive ned selvtilliten hvis den ellers ved hjelp av noen "hemmeligheter" kan gjøre vedkommende lykkelig.

Kvinner, bare behold hemmelighetene, for mannen trenger jo også sin stimulans.

Det er laget mange statistikker over kvinnens tidsforbruk på seg selv i forbindelse med sitt utseende. Ingen hemmelighet i det. Heller ikke i den som viser kvinnens mest hatede tidsforbruk på seg selv.

Jeg så den offentliggjort i en avis for noen dager siden, så den er i hvert fall ingen hemmelighet.

59 dager av sitt liv benytter kvinnen til den mest hatede selvpleie, nemlig barbering av bena. Undersøkelsen viser at 35 % av kvinner mener denne aktiviteten er et ork og derfor hater den mest. De fleste bruker fire minutter daglig på å fjerne hår fra bena, seks dager i uken, eller totalt 21 timer i året.

Nummer to på listen er stell av hår. 17 % sier det er et ork at de må gjøre det, men innrømmer at de bruker 16 minutter hver dag gjennom hele livet på dette, noe som akkumulerer seg til 294 dager.

Nummer tre på listen av kvinners mest hatede selvpleie er å plukke øyenbryn. 14 % mener dette er et ork, som til sammen tar 11 timer i året.

Er det noen som mener at disse informasjonene burde forbli en hemmelighet, så er det som man forstår etter dette for sent.

Innlegget forteller for øvrig intet om fra hvilken alder statistikken er hentet.

De største og antagelig de mest betydningsfulle hemmelighetene er etter min mening de som naturen sitter på. Stadig flere blir avslørt, men det blir som med dråpen i havet, det må være uendelig mange av dem og godt er det.

Verden vil heldigvis aldri gå tom for hemmeligheter.

Selv om det sies at den korteste vei til målet er den hurtigste,
er det ikke sikkert at den er den beste.
GM

Historier fra Landøya
Mai 2013

Jeg kom til Landøya i Asker første gang sensommeren 1946. Max, min stefar, hadde kjøpt den litt under tjue mål store tomten på Landøya, kalt Norderhaug, av Erstatningsdirektoratet. Går ikke her nærmer inn på hva det direktoratet sto for, men for de som måtte være interessert er det jo bare å slå opp.

Jeg var den gang 6 år og kom direkte fra Sverige. Også omstendighetene rundt det lar vi ligge i denne sammenheng.

Det jeg gjerne vil med disse historiene er å gjengi noen hendelser jeg har festet meg ved fra den tid, uten at de kommer i kronologisk eller prioritert rekkefølge, de bare kommer ettersom de dukker opp i min erindring.

Jeg må igjen presisere at disse hendelsene ligger rundt sekstifem år tilbake i tid, så ingen må feste seg ved dateringer eller detaljert riktighet av det de leser. Hovedsaken, sett fra min side, er at de som måtte ønske det får et generelt inntrykk av hvordan jeg ser på episodene fra den gang med nåtidens øyne og med en hukommelse som sikkert har slagside.

Settingen bør kanskje forklares litt nærmere før jeg tar fatt.

Forestiller man seg et tidligere gårdsbruk med et relativt beskjedent hovedhus, hvis første tufter visstnok er bortimot 200 år gammelt, et mellom hus og en låve, alle rødmalte, strategisk plassert på en eiendom bestående av en rimelig stor eplehave samt en andedam som er omkranset av en skog av bjerk, furu og gran, så ser man for seg bildet.

Størrelse er på atten mål og mot nord er eiendommen åpen med en ganske dyp fjellskrent og en bred dal.

I dag er Landøya en halvøy, men en gang i fordums tider, det sies for rundt 1500 år siden var det en øy, derfor navnet skulle jeg tro.

En tradisjonell utedo rundt hundre meter fra hovedhuset samt et hønsehus femti meter fra låven hørte også med, malt i samme farger som resten.

Filmrullene

Hvorfor jeg kaller historien filmrullene, er fordi den kassen som jeg hadde funnet i kjelleren inneholdt flere filmruller, sammen med en rekke andre hefter og dokumenter.

Jeg tror denne episoden skjedde ganske kort tid etter at vi flyttet dit, altså var jeg nylig fylt sju år og ikke husker jeg hva som foranlediget meg til å ta kassen opp fra kjelleren og ut i hagen, men, som vi vil se var det nok godt jeg gjorde det.

Jeg kan heller ikke forklare hvordan jeg kunne vite at film brant på en fresende spesiell måte, som var det fyrverkeri, eller om jeg i det hele tatt visste dette på forhånd.

Innholdet i kassen for øvrig kan jeg heller ikke ha hatt verken forståelse eller interesse av, og husker ikke om jeg hadde tatt noe av dette ut av kassen.

Nok om det, barne-pyromanen gikk til verket.

Regner med at jeg hadde dradd i hvert fall en film ut av spolen før fyrstikken ble tent. Denne hadde knapt nådd enden av filmen før fyrverkeriet var i gang.

Det ville ikke være riktig av meg å utdype hendelsesforløpet videre, da det ville bli den rene oppdikting.

Det lange og det korte er at denne kassen inneholdt filmer Max hadde tatt under krigen og mesteparten av de illegale og legale dokumentasjoner han hadde benyttet som sabotør.

Jeg mener og tror at Max etter denne episoden satte meg i en spesiell klasse, noe jeg har full forståelse for.

Han var jo ikke vant til barn ettersom han selv aldri hadde hatt noen og så får han denne episoden presentert av en som bare ble med sin mor på lasset inn i et nytt forhold.

Jeg tror for øvrig ikke at alt brant opp, men jeg forstår godt at det for ham den gang må ha vært forferdelig å miste bare deler av kassens, sikkert helt uvurderlige og historiske innhold.

Andedammen

Nederst i eplehagen foran hovedhuset og mellomhuset og mot naboens tomt, lå andedammen. Kalt slik selvfølgelig fordi det alltid i sommersesongen oppholdt seg ender der. Dammen, som fremdeles er der er ikke særlig stor, kanskje femten tjue meter i diameter. Den var ikke inngjerdet da vi flyttet dit, men en familiefilm fra den utrolige varme og herlige sommeren 1947, viser at den da hadde fått et hvitt stakittgjerde rundt seg på nær av mot naboen, hvor det allerede var et nettinggjerde.

Naboens hus var plassert et helt annet sted på dennes eiendom, så dammen lå uforstyrret til på nær av vår innkjørsel. Jeg tror gjerdet ble satt opp for at min halvbror LilleMax, som ble født det året, ikke skulle komme i vanskeligheter og selvfølgelig for at familiens fuglehund "Pet" ikke skulle kunne nå endene, som i sesongen syntes å trives svært godt i sitt lille paradis.

Mener å huske at det til og med var et lite rødmalt ande-hus i dammen, med hvite kanter som på de andre husene.

Selvfølgelig var det i sesongen et øredøvende liv fra froskene som også må ha stortrivdes der sammen med endene.

Endene må for øvrig ha hatt dårlig hørsel for å holde ut å bo der, men det er en helt annen sak.

I en periode etter krigen hadde Max plassert en gummibåt der, en som jeg mener han hadde benyttet under aksjonene på Oslo havn årene før.

Vinterstid tok gutteflokken spadene fatt og sørget for at dammen alltid var snøfri og klar for skøytene. Ishockey var populært, men jeg husker ikke at vi hadde annet enn såkalte skruskøyter i denne tidlige perioden etter krigen og køllene måtte vi lage selv.

Etter hvert som årene passerte, vokste vi fra dammen og det ble guttelaget i ishockey på Holmen som opptok oss, mens LilleMax senere inntok arenaen med litt mer dansende bevegelser.

Den mest spennende aktiviteten når det gjaldt dammen var å se hvor lenge etter snøsmeltingen isen holdt uten at vi gikk gjennom.

Det var alltid en av oss som gikk av som seierherre før det ble sesongskifte med andre aktiviteter.

Gressklipperen

En hekk av solbær og ripsbusker danner stengsel mellom eplehagen, som ligger mellom andedammen, og innkjørselen. Den strekker seg fra porten, forbi garasjen og mellomhuset og helt bort til hovedhuset.

På hjørnet utenfor garasjen er det en åpning i hekken som gir direkte tilgang til eplehagen uten at man må gå rundt.

Åpningen i hekken er årsaken til at denne historien havnet på papiret.

Hele eplehagen var tilsådd med gress, bortsett fra direkte under epletrærne, hvor det i sirkler med en diameter på noen meter bare var jord.

Jeg vil ikke kalle det en gressplen etter dagens normer, men uansett, den ble jevnlig klippet. En aldeles forferdelig jobb når dette måtte skje med en vanlig manuell gressklipper.

Hvordan Max på et så tidlig tidspunkt etter krigen fikk tak i en splitter ny motorisert gressklipper av amerikansk modell aner jeg ikke, men vidunderet var i hvert fall ankommet. Ingen hadde noen gang sett et sånt instrument på våre kanter, så under prøvekjøringen var hele gutteflokken samlet.

På ærbødig avstand stirret vi på maskinen som Max manøvrerte nedover hagen og som etterlot seg en snauklippet veg på nesten en meters bredde.

Etter demonstrasjonen ble den stående der, nesten nede ved dammen, i påvente av å bli startet opp senere for å gjennomføre et fullt angrep på hele eplehagen.

Det var godt ut på ettermiddagen før den igjen ble startet og klippingen begynte. Jeg gikk etter Max og fulgte med på alle manøvrer, sikker på at jeg nok ganske snart skulle kunne påta meg klippingen på egenhånd.

Hele eplehagen skulle klippes, så det var allerede begynt å bli mørkt når maskinen etter fullført jobb skulle kjøres gjennom den tidligere nevnte åpningen i ripshekken og inn i garasjen. Nettopp der var det ujevn og løs jord, noe som fikk hjulene til å slure og maskinen til å stoppe opp, selv om motoren fortsatte og gå.

Max gjorde flere forsøk på å forsere området, men uten hell.

Hva var mer naturlig enn for meg å forsøke å hjelpe, så høyrehånden skjøt ned mot tverrstaget foran selve de roterende kutte-bladene, som jeg på grunn av mørket og at de stadig rotert, ikke kunne se.

Med et kjempeskrik napper jeg hånden til meg igjen og registrerer at blodet spruter fra både pekefinger og langemann. Max får i en fart stoppet motoren hvoretter det vanker en stram ørefik.

Først etter den gikk det opp for ham hva som hadde skjedd. Full fart av sted til nærmeste lege, som kunne konstatere at fingrene med litt hell antagelig kunne reddes, men at det var millimeteren om å gjøre. Etter en sprøyte, noen sting og en stor bandasje bar det hjem igjen og så var den erfaringen over.

Det tok nok litt lenger tid enn jeg hadde trodd før jeg slapp til på egenhånd når det gjaldt motorisert gressklipping.

Pekefingeren har siden aldri kunnet bøyes på samme måte som på venstre hånd, dog uten å ha hindret meg i å kunne både jakte og skyte leirduer, mine store hobbyer før golfen mye senere i livet tok over.

Bøddelens assistent

Jeg nevnte visst i innledningen at det på eiendommen også var et hønsehus. Dette lå bare et steinkast fra låven, der hvor "tårnhuset" ligger nå, delvis skjermet av store furutrær. Det var også rødmalt med hvite gavler slik som de andre husene på eiendommen.

Bortsett fra en innhegning på rundt femti kvadratmeter, som dannet selve hønsegården, var dette også stedet hvor grønnsakhagen var anlagt. Her grodde det alt fra salat og reddiker, til gulrøtter og dill.

Jeg hadde til og med min egen lille avdeling som jeg med stolthet pleide.

Allerede den gang ble man visst klar over at jeg hadde såkalte grønne fingre, for det ble det snakket om, uten at jeg på noen måte har latt det prege mitt senere liv.

Hønsegården var slik anlagt at hønene, fra denne, fritt kunne gå inn og ut av hønsehuset. Dette på sin side var innredet med en egen liten bås til hver høne og jeg mener å huske at det var rundt tjue høner der til enhver tid.

Ettersom jeg på det tidspunktet må ha vært sju åtte år gammel var jeg antagelig ikke spesielt opptatt av hvordan de formerte seg, men en staselig hane befant seg i hvert fall til enhver tid blant dem og det var aldri mangel på nye generasjoner. Hvordan det praktiske i den anledning ble taklet husker jeg ikke, men at det var nødvendig med tilgang skyldtes selvfølgelig at det også var avgang.

Hvor ofte noen av dem måtte bøte med livet husker jeg ikke, men ritualet var det samme sommer som vinter.

Vedskjulet, for den eneste oppvarmingen som fantes i husene på eiendommen den gang kom fra Jøtul ovner og peis, var et utbygg på venstre side av låven, altså steinkastet fra hønsehuset.

Derfra var det min jobb å hente øksen, mens bøddelen Max rettet litt på den spesielle huggestabben som var plassert foran det store panoramavinduet på forsiden av hønsehuset, for å påse at den stod støtt.

Den ble jo benyttet til alle årstider og her var det snakk om en presisjons-jobb; alt måtte være i orden.

De hønene som befant seg inne under seansen hadde som man forstår etter dette, den beste utsikt til eksekusjonene.

Om utvelgelsen gikk etter alder, vekt eller eggproduksjon skal være usagt, men den eller de uheldige ved hver anledning, var det meg som skulle si den siste farvel til.

Med en hånd på hver side av hønen og denne med hodet fremover, bar det mot eksekusjonspelotongen.

Jeg kan forsikre leseren om at en høne har enorme krefter og jeg antar spesielt når den føler at dens siste minutter er i anmarsj, så ved flere anledning hendte det at den kom seg løs av mitt favntak og flakset av sted. Da var det, etter først å ha fått kraftig tilsnakk fra bøddelen, bare å løpe etter å få fanget den igjen.

Det endte uansett, som man forstår, med at hode og hals fikk plass på huggestabben og at bøddelens presisjon førte til dens smertefrie overgang til de evige jaktmarker. Jeg regner med at det er slik, men det så umiddelbart slett ikke sånn ut. Aldri har jeg sett høner med større fart enn de uten hode.

Riktignok varte ikke det flaksende løpet særlig lenge, men at det stadig ble satt mange nye lokale fartsrekorder for hodeløse høner i sik sak og sirkel foran det røde hønsehuset, steinkastet fra låven, står klart for meg.

Nå kan man selvfølgelig spørre seg om det i dag i Norge ville være naturlig å la en sju åtte åring være bøddelens assistent, men det var jo så mye som var annerledes den gang.

Da jeg fortalte min sveitsiske kone om denne historien, gjenkjente hun metoden fra sin egen bestemors gård i Gros de Vaud, fra de gangene hun var på besøk der som liten, bare med den forskjell at metoden tydeligvis var mer sofistikert og mindre arbeidskrevende enn den vi benyttet på Landøya.

Bestemoren tok selv hønene under den venstre armen og gjennomførte bøddelens arbeid med øksen i høyre hånd, altså, uten assistent.

Dassbakken

Mellom hovedhuset og den tradisjonelle utedoen går det en bakke helt oppe fra låven og ned i den nederste eplehagen. Høydeforskjellen kan vel være femten tjue meter og derved mer enn nok til å lage hoppbakker av forskjellig art, tilpasset guttegjengens krav.

Det startet med en eplekasse som hopp og lengder på to tre meter, noe familien fremdeles har film fra, og beveget seg gradvis oppover til vi avanserte og bygget den *såkalte Dassbakken. Navnet fikk den fordi området lå bare ti femten meter fra utedoen og at stedet egnet seg best til en hoppbakke med naturlig kul og unnarenn. For oss dreide det seg stort sett bare om hopp, da andre grener som langrenn og slalåm var så godt som ukjent på våre kanter den gang.*

Mye av inspirasjonen kom nok fra det faktum at en kjent skihopper med navn Georg Thrane var nærmeste nabo. Brødrene Asbjørn og Sigmund Ruud var allerede verdenskjente hoppstjerner med Olympiske medaljer, men de bodde i Kongsberg mange timers kjøring fra oss, mens Georg Thrane jo var nærmeste nabo og representerte Asker Skiklubb, den mest kjente klubb i vårt område.

Man kan bare forestille seg hvilket forbilde han var, spesielt etter at han vant det internasjonalt kjente Holmenkollrennet i 1947. Dessuten hadde han som den første, introdusert det som dermed naturlig nok gikk under navnet "Thranestilen".

Majoriteten hoppet med såkalt hofteknekk og med armene strukket forover eller ut til siden som om de var fuglevinger. Trane derimot, la armene bakover langs siden, slik som man ser hopperne i dag sveve aerodynamisk gjennom luften.

For oss var det selvfølgelig kun Thranestilen som gjaldt.

Etter at Dassbakken endelig var ferdig bygget, så den i våre øyne riktig elegant ut.

Ovarennet startet helt oppe ved låven og gikk nedover bakken uten at det var nødvendig med noen form for kunstige tilretteleggelser. Derimot var overgangen til hoppet, og selve det godt over meter høye hoppet, gjenstand for mange dagers arbeid hvert år.

Hvis jeg sier at vi kunne hoppe rundt ti meter så overdriver jeg i hvert fall ikke. Ingen hadde hoppski, så det gikk på det de forskjellige hadde.

Det viktigste var at man hadde bindinger som gjorde at helen på beksømstøvlene ikke fikk for stor avstand til skiene. Dette resulterte i så tilfelle i at skiene ble blåst rett opp og at man ufravikelig havnet på ryggen i unnarennet.

Var man så heldig at det ble stående hopp gikk det helt fint de første femten meterne etter nedslaget, men deretter var det om å gjøre å reagere med fintinger enten til høyre eller venstre, for å unngå kollisjon med epletrærne.

Når dette var unnagjort var det avgjørende å kunne tverrstanse hurtigst mulig, for å unngå å havne i nettinggjerdet foran stupet, som dannet nordsiden på eiendommen.

Det ble avholdt skirenn hvert år med premier av forskjellig art og med deltagere fra hele området. Det manglet ikke på pågangsmot.

For mitt vedkommende ble det verre etter at jeg på et senere tidspunkt fikk skikkelige hoppski. Da var det snakk om mer alvor.

Det gikk fint i begynnelsen. Jeg deltok i en rekke hopprenn og det hendte også en gang i blant at det vanket premier.

Alt dette skjedde mens det dreide seg om hopping i guttebakkene. Det kan ha dreid seg om lengder på femten tjue meter? Stilen manglet normalt ikke, men motet til å sette alle krefter inn på lengde var det derimot verre med, proporsjonalt med bakkenes størrelse.

Jeg synes å huske at min hopp-karriere kulminerte ved at jeg en gang, i den store Holmenbakken, må for all del ikke forveksles med Holmenkollbakken, etter mye krefter brukt på selvovervinnelse, satte utfor.

Thranestilen hadde virket rimelig bra i guttebakkene, men her, hvor man hoppet femti seksti meter var alt annerledes.

Utfor hoppet bar det med armene i god Thranestil langs siden, helt til jeg rundet kulen og så hva som lå foran meg. Plutselig befant jeg meg med armene ut til siden men uten hofteknekk. Skituppene ble presset rett opp i luften og så bar det nedover med flaksende armer.

Hoppet, hvis man kan kalle det et hopp, endte med rygglanding mitt nede i unnarennet. Stilen var nok i orden de første sekundene fra hoppkanten, men så tok frykten overhånd.

Det var han som utførte hoppet som sviktet.

Lengden teller bare på stående hopp, så jeg kan ikke godt si at jeg har hoppet rundt førti meter.

Selv om jeg ikke på noen måte kom til skade, så ble det med dette forsøket.

Jeg egnet meg langt mer til langrenn i de senere ungdomsårene.

Bestefar

Bestefar, altså Max sin far, ble født i 1877 og var antagelig det menneske jeg satte høyest disse første årene etter krigen. Han var rundt sytti år den gang og spesielt i julen når han kom på besøk fra Lærdal hvor han bodde, tror jeg det ble knyttet noen for meg meget verdifulle bånd.

Han var i mitt minne en fredelig, sjelden opphisset mann, med en karisma og menneskelighet som alltid bar preg av varme og fred.

86

Ikke bare så han ut som julenissen selv, men med kunstig skjegg, har hadde en røslig bart fra før, opp-tro han med største innlevelse som nisse på julaften.

Fra hovedhuset kunne vi, i lyset fra lampene på portstolpene, se ham komme med en stor sekk slepende etter seg.

Hadde jeg noen gang kunnet være som ham overfor mine barnebarn ville jeg vært veldig privilegert.

Han tok navnet Juan Manus, konvertert fra Johan Magnussen. Dette mer latinske navnet tok han etter å ha levd en rekke år i spansktalende land.

Spesielt husker jeg spaserturene til Petter Dalen, jeg tror det må ha vært en jernvarehandel, som lå noen kilometer fra Landøya. Det var den nærmeste butikken for julegaver og jeg fikk selv velge hvilken tollekniv jeg ønsket meg første gang vi var der.

Jeg glemmer aldri den trygge hånden å holde i når bestefar og jeg stabbet av sted langs veien forbi Holmen landhandel og videre opp mot Ravnsborg, hvor butikken lå.

Sommerbesøkene husker jeg også som helt spesielle. Det ble sagt om bestefar, og antagelig med rette, at han levde som en eremitt der oppe i Lærdal. Det dreide seg stort sett om jakt og fiske. Jeg kom dessverre aldri til å besøke ham der, men Max var sammen med ham på jakt ved flere anledninger.

Han bodde i et lite hus nede i selve Lærdal, men hadde også et krypinn oppe i fjellet som han benyttet i jaktsesongen. Hvordan han kom til å havne der hvor han bodde vet jeg ikke, men har opp gjennom årene ved forskjellige anledninger fått høre historier fra folk som kjente til ham.

Han ble nok sett på som noe spesiell, men likt av alle. Han var blant annet translatør i flere språk, hadde vært gift med en dansk dame, Gerda Kierup, Max sin mor.

Hun kom jeg senere i nærmere kontakt med gjennom vårt danske firma som ble etablert av Max i 1957.

Livet i København med medfødte jeger og fiskeinteresser ble nok vel trangt for bestefar, så på et tidspunkt i trettiårene skilte de seg. Han tok Max og hans yngste søster Pia med seg og flyttet til Oslo, mens hans mor og to andre søstre, Berte og Carmen forble i København.

Tilbake til bestefar; langt den viktigste i denne lille historien. Han var lidenskapelig snadde-røyker og det var sjelden han ikke hadde den krumme pipen i munnen.

Vi hadde vært hos Petter Dalen og handlet inn det som trengtes for å lage en krå-
kefelle. Med dette vel i hus sammen med nødvendig verktøy, som viste seg stort sett
bare å bestå av en avbitertang, en hammer, en sag og så materialene og selvfølgelig
tollekniven, var vi klare. Jeg hadde jo fått min og han hadde alltid sin i beltet.

Så bar det med alt utstyrer bort i skogen bak fotball-sletta. Der slo vi oss ned og
så begynte operasjon kråkefelle.

Først forklarte bestefar om kråkenes klokskap, deres reaksjon, berettigelse og
uberettigelse i naturen og en masse eksempler på dette som fik meg til å stirre med
åpne øyne. Husker ikke detaljene i dag naturligvis, men at de gjorde inntrykk var
det ingen tvil om; min livlige fantasi fikk fin gjødning.

Det å lage selve fellen kom etter dette i et helt spesielt lys.

Kråker, som det den gang antagelig var for mange av, kunne skytes og ved inn-
levering av føttene til politiet ble det betalt en dusør. Mener å huske at det på et
tidspunkt dreide seg om to kroner for et par, men går ikke god for det.

Fellen vi laget skulle ikke benyttes til å fange kråker for deretter å avlive dem,
det var feigt, så det var selve fangsten som var spenningen, kråkene skulle, hvis de
gikk i fellen settes fri igjen.

På en bunnplate av tre ble det festet tykke ståltrådbøyler som det ble trukket en
fin hønsenetting over. Denne ble festet med tynnere ståltråd.

Den ene endeveggen ble også dekket til med hønsenetting, mens den andre ble
utstyrt med en enkel ståltrådsinnrammet dør, som bare lot seg åpne innover.

Så langt hadde det vært greit og mesteparten av dagen var allerede gått.

Hele tiden mens bestefar jobbet med fellen fortalte han om episoder fra naturen,
alt mens han lot meg få utføre småjobber som blant annet å kutte passende lengder
av ståltråd til å feste hønsenettingen med.

Selv om vi bare var noen hundre meter fra hovedhuset hadde han tatt med niste
og drikke, så det hele ble en riktig utflukt i naturen.

Neste dag kom tiden for den mer intrikate vippe-anordningen inne i selve fel-
len, den som skulle gjøre at når kråken beveget seg ut på denne, så falt døren ned
bak den. Døren var i utgangspunktet festet til fellens tak og løsnet med en overfø-
ring fra vippen. "Voila", kråken fanget, hvis den da i utgangspunktet hadde latt
seg friste av åten som var plassert ytterst på vippen.

Jeg husker ikke hva bestefar brukte som åte men mener det var mus vi hadde
fanget i kjelleren i hovedhuset.

Kråker ble fanget og sluppet fri, men som med alt annet, når nyhetens interesse dalte og bestefar reiste tilbake til Lærdal, dalte også iveren etter å drive kråkefangst.

Selv i dag, rundt sekstifem år senere sitter minnet om bestefar og kråkeburet lett tilgjengelig som en av de store opplevelsene fra den gang.

Linoleumsgulvet

Ja, hadde det bare dreid seg om det vi forbinder med et vanlig linoleumsgulv hadde denne historien ikke sett dagens lys.

Linoleum er til orientering et materiale som blant annet brukes i gulvbelegg. Dette består av linoleum, harpiks og kork, tilsatt fargestoff og lagt på en grov strie. Er skjøtene tette er også belegget vanntett.

Når et linoleumsgulv er lagt, kan det umiddelbart benyttes.

Alle typer materialer var mangelvare etter krigen, men av en eller annen grunn hadde man oppfunnet en form for flytende linoleum som istedenfor å rulles ut og limes til under-gulvet, ble helt ut på gulvet og så jevnet til en hel gulvflate. Denne typen måtte tørke over tid før gulvet kunne tas i bruk.

Det var først i ettertid at det siste gikk opp for meg.

Som en naturens mann var en av de første installasjonene Max gjorde i hovedhuset, å bygge en badstue. Denne ble plassert i kjelleren etter at man først hadde sementert gulvet.

Reisverk og isolerte vegger var allerede på plass, døren installert og vedovnen klar til å bli installert når linoleumsgulvet var lagt. Ved siden av badstuen var det også installert en dusj i et eget rom, både med skikkelig avløp og utlufting.

Ingen badstue uten dusj.

Jeg hadde fått streng beskjed om ikke å forstyrre arbeiderne som holdt på med å legge gulvet og tok det til underretning.

Som vanlig var vi en guttegjeng som spilte fotball på sletta foran hovedhuset.

Dette skjedde mer eller mindre hver dag så det var en helt naturlig del av fritiden.

Når man i dag ser de forskjellig fotballspillere opptre i all verdens forskjellig fargede fotballstøvler, så må man forestille seg at man den gang ikke hadde tilgang på slike. Hva slags støvler datidens fotballspillere benyttet vet jeg ikke, men det nærmeste vi vanlig dødelige kunne komme sådanne var å kjøpe såkalte knotter. Disse var laget av flere ringer av tykt lær, var sirkelrunde og jeg kan tenke meg vel

2 cm. høye. Tre solide spiker holdt dem sammen ved siden av at de var limt, og en god centimeter av spikrene stakk ut slik at de kunne festes til en støvelsåle.

Dette måtte gjøres av en skomaker da han hadde en såkalt "jern-fot" som han satte inn i støvelen før han slo inn knottene. Når de tre spikrene traff "jern-foten" ble de bøyd og derved var det ikke mulig å fjerne knotten før den var utslitt.

Når det gjaldt støvler var det knapt om den varen, så det ble som regel benyttet utgåtte beksømstøvler. Det var ikke alle gitt å ha tilgang på dette utstyret, men de som var så heldige raget nok høyere i status enn de uten.

Jeg, som under krigen hadde bodd en god tid hos min mors søster, tante Kari, i Ulvik i Hardanger sammen med min litt eldre kusine og fetter hadde arvet støvler etter dem, så jeg var blant de privilegerte.

Solen var allerede gått ned over horisonten og arbeiderne hadde for lengst forlatt åstedet etter å ha ferdiggjort arbeidet med gulvbelegget.

Selvfølgelig var jeg ikke lite stolt over den nye badstuen, ingen av oss i gutte-gjengen hadde sett noe lignende, så hva var vel mer naturlig for meg enn å by på en omvisning.

Riktignok var det ganske mørkt i kjelleren da det elektriske ikke var ferdig, men en liten titt kunne det jo bli.

Åpner døren og går som førstemann inn i det mystiske "svetterommet".

Knotter under støvlene eller ikke, gulvet ville nok ha blitt ødelagt uansett. Det var for sent å angre, intet kunne gjøres godt igjen. Linoleum-massen hadde allere-de fått dusinvis av knottavtrykk som ikke lot seg viske ut.

På grunn an det dårlige lyset kunne vi ikke se det fulle omfanget av skaden, men forstod at dette var alvorlig.

Lang historie kort, om det kvalifisert for fire eller fem slag med hundepisken husker jeg ikke, men at det sved kraftig var det liten tvil om.

Avstraffelsen hindret meg imidlertid ikke i å bli en ivrig badstue bader opp gjennom årene.

Gondolbanen

Når jeg benytter denne overskriften må det sees i den sammenheng at man som åtte tiåring har et litt annet perspektiv enn senere i mer moden alder, ofte svært mye mindre.

Først en liten forklaring når det gjelder låven. Den bestod av to etasjer, med en trappeoppgang fra midten av det åpne overbygde innhugget som dannet en rundt femti kvadratmeter hellelagt form for terrasse. Legg merke til at jeg skriver "bestod av". Senere, i en annen historie, vil man forstå hvorfor.

På hver ende av det fra midten skrånende taket i annen etasje, var det et ganske romslig værelse som godt kunne benyttes som overnatting for sommergjester.

På venstre side, i første etasje, sett forfra igjen, fra hønsehuset, var det en leilighet med kjøkken stue og soverom og på høyre side et værelse på størrelse med det i annen etasje.

I leiligheter bodde et eldre ektepar, herr og fru Bergstrøm, gratis mot hans diverse manuelle ytelser.

Blant annet var han ansvarlig for vedhuggingen. All varme om vinteren kom fra vedfyrte ovner, både i hovedhuset, mellomhuset og låven. I den anledning var det bygget et tak ut fra låvens venstre side, igjen sett forfra, under vinduet i værelset over.

Her ble billass av ved levert hvert år, som så skulle kappes, kløyves og stables opp, klar til vinterens bruk.

Det store åpne rommet i annen etasje, mellom de to ende-værelsene, var, spesielt om vinteren en yndet lekeplass, ettersom all verdens ting man ikke hadde annen lagringsplass for, var plassert der. Det kom ofte til konfrontasjoner med Bergstrøms når støynivået fra guttegjengen, spesielt på regnfylte dager, satte deres familiefred på prøve.

Denne historien hadde ikke kommet til hvis det ikke var for vedovnene i Bergstrøms leilighet, både den i kjøkkenet og den i stuen, hvis utløp havnet i en stor mursteins pipe som raget vel en meter over låvetaket, nesten på toppen av mønet.

Plassen foran låven var riktig stor, nesten like stor som oppfinnsomheten.

Vi hadde god erfaring med de såkalte lianene plassert på forskjellig strategiske steder av eiendommen, og på låven var det nok av tauverk. Tror det må ha tilhørt det lokale heimevernet, som Max var områdesjef for.

Gondolbane hadde vi ikke tidligere tenkt på, men kombinasjonen av et sterkt tauverk på mer enn femti meter og en skorsteinspipe på toppen av en låve som høyeste punkt, måtte kunne utnyttes.

Ut av vinduet til taket over veden og derfra opp på låvens møne var en lett ekspedisjon, med andre ord en lett aksess. Den ene enden av tauet ble festet rundt den øverste del av pipen for deretter å bli surret rundt bunnen av et mindre tre, nærmere femti meter på den andre siden av plassen foran låven. Dette kunne gi en riktig fin gondol-tur med en høydeforskjell på sju åtte meter.

En åpen kasse som tidligere var benyttet i forbindelse med byggingen av en garasje, egnet seg glimrende som gondol og med to separate deler av en talje med løpehjul, festet til hvert hjørne av kassen, var farkosten klar til test.

Jan, som var et par år eldre enn meg og den tøffeste av oss, meldte seg som testpilot. Han tok for øvrig tidlig i tjueårene småflysertifikat.

Tviler imidlertid på om det var inspirert av hans erfaring som testpilot i vår gondolbane.

Opp på taket bar det med prøvepiloten og en hjelper. Fra "gondolen" var det festet et langt tynnere tau som så ble kastet opp til de to på taket. De kunne så trekke "gondolen" opp og mens denne ble holdt på plass av hjelperen, satte Jan seg til rette. Resten av oss stod ved enden på den andre siden av plassen og dannet mottakelseskomiteen.

Hjelperen slipper taket og den foroverbøyde testpiloten farer over låvekanten. Omtrent midt i den frie flukten til der vi står skjer det; det ser ut som om det ene talje-hjulet har avsporet. Jan sklir med et rykk fremover i "gondolen", som umiddelbart og brått stopper sånn omtrent to meter over bakken. Ingen skadet, hva gjør vi nå?

Hvem som var først fremme ved tauet husker jeg ikke, men ivrige hender tok fatt i dette, og med rytmisk takt med håp om at "gondolen" skulle komme i bevegelse igjen, satte man denne i fart fra side til side.

Utslaget ble større og større for hver gang, og så skjer det. Med et forferdelig brak deiser "gondolen" med testpiloten i bakken, samtidig som store deler av skorsteinspipen i sine enkelte faktorer raser ned og ut over tak kanten.

Testpiloten unnslapp med sjokket mens utskytningsrampen, altså skorsteinen, var redusert til under en halv meters høyde.

Heldigvis var ikke Bergstrømmene hjemme og det så ikke ut som noen andre hadde oppfattet det som skjedde.

Det var tidlig på ettermiddagen, så Max og mor ville ikke være hjemme fra kontoret på noen timer enda.

Alle mann til pumpene. I rasende fart ble haugevis av murstein fraktet opp på taket, først ut av vinduet til taket over vedskjulet og så videre opp på mønet. Sakte men sikkert ble steinene lagt opp, for til slutt å danne en utad til original pipe.

Verre var det med de taksteinene som var knust. De som var mest istykkerslått ble raskt erstattet med andre fra låvetakets bakside som vendte mot naboer, mens de som bare var brukket i to, ble lagt på plass så godt det lot seg gjøre. "Gondolen" ble fraktet tilbake til der den var funnet, mens talje-hjul og tauverk fikk sin opprinnelige plass igjen.

Jeg kan ikke huske at våre eskapader i den sammenheng ble oppdaget men mener at jeg ved en anledning mange år senere fortalte historien uten at det fikk andre konsekvenser enn noen gode smil, Både Bergstrøms og låven var på den tid for lengst forsvunnet.

Engelsksetteren Pet

En av de aller første anskaffelser Max jorde etter at vi hadde flyttet inn på Landøya var engelsksetteren Pet.

Vann måtte hentes fra en ute-brønn, elektriske installasjoner var på et absolutt minimum og hovedhuset trengte sårt til en oppdatering fra alt som for eksempel nytt tak, sanitært utstyr og kjøkken. Dette ble nok også ganske raskt satt i plan og i sving, mens Pet allerede fra starten ble det fjerde familiemedlem.

Den var over hvalpestadiet; antar at Max ikke fant tid til å utsette sin jakt-iver mer enn nødvendig nå som krigen var over og hans naturinstinkter igjen kunne søke utfoldelse i frihet.

Pet var av den sorte og hvite typen, det jeg i dag vil karakterisere som en gammeldags storbygd setter. Den ble omgående familiens midtpunkt og boltret seg naturligvis fritt på den store eiendommen og det ville tidlig vise seg, langt utover denne.

Hadde den gang ingen formening om hunders forplantningsvaner, men fikk tidlig innsikt i hvorfor i hvert fall denne del an dyreverdenene ikke vil forsvinne så lett.

Det hendte at Pet forsvant som om den ikke hadde noe hjem og ble borte. Da var det bare å vente på at telefonen skulle ringe. Selv i de kaldeste vinternetter kunne den ligge utenfor et hus hvor en tispe hadde løpetid. Først når eierne hadde sett seg lei på beileren og hvis de ikke kjente Pet fra tidligere, tok de en titt på halsbåndet som både hadde navn og telefonnummer. Så var det for Max å dra av sted, gjerne opp til ti kilometer hjemmefra for å hente den forsmådde elsker. Jeg ble nok tidlig informert om sammenhengen når det gjaldt dens forsvinningsnummer, så den del av seksualundervisningen kom jeg tidlig til del.

Fisker Jørgensen, som bodde like ved den gamle dampskipsbryggen på Landøya, fikk en gang en fortvilende overraskelse. Et rundt år skulle feires forstod vi senere og følgende episode utspinner seg.

Holmen landhandel som var nærmeste landhandel og matforretning, kjørte en gang i uken ut varer til de kunder som gjorde forhåndsbestilling. Ettersom forretningen lå vel en kilometer hjemmefra og det ikke var mange som hadde bil den gang, var dette en fin ordning.

Leveringsdagen opprinner og vi, som en rekke andre husholdninger på Landøya, ble besøkt av varebilen. Pappesker ble båret inn i huset og tømt, før de ble returnert med tomme flasker av forskjellig art. Varebilens dører stod ved disse anledninger, i hvert fall frem til denne episoden, åpen, mens av og pålessing skjedde. Idet sjåføren, som normalt og også ved denne anledningen var eieren selv, kommer tilbake med tomflaskene, ser han en bortimot ti meter lang slange som farer over gårdsplassen med Pet foran. Nå er man ikke særlig vant til slanger på våre kanter og han oppdaget umiddelbart at det var pølsene som skulle danne festmiddagen hos Jørgensen som var på farten. Han etter med skrik og forbannelser mens Pet bare økte farten med byttet hengene etter seg.

Pølser var en delikatesse som man ikke fikk kjøpt sånn uten videre på den tiden. De måtte bestilles lang tid i forveien, hvis man i det hele tatt fikk tak i dem, og de ble ikke som i dag levert en og en separat, men i sammenhengende form, slik de i hvert fall den gang ble produsert.

Det ble selvfølgelig stor oppstandelse og jeg aner ikke hvordan Max til slutt kom ut av knipen, men feiringen av fisker Jørgensen ble som jeg husker det, episoden til tross, gjennomført med fornøyde gjester.

Jeg hopper raskt bukk over hva som hendte med de av pløsne som ikke hadde hoppet ut av sitt gode skinn, men det kan man jo tenke seg.

Som om det var i går kan jeg enda fornemme tryggheten jeg følte etter søndagsmiddagene, liggende under flygelet sammen med Pet. Knitringen fra peisen og stemmene som bare hørtes som usammenhengende mumling. Mange ganger ble peis-knitringen et ekstra god-følt innslag i mors behandling av flygelets klaviatur.

Det var blant de fredeligste innslagene i tilværelsen.

"Kiss me once and kiss me twice and kiss me once again, it`s been a long, long

time"; en av mors favoritter. Både melodien og teksten må jeg ha fått med meg allerede fra den gang, da jeg ikke kan huske å ha hørt dem senere. Forstod i hvert fall helt sikkert ikke hva ordene betydde.

Det er noe med at dyr er spesielt opptatt av å forsvare sitt territorium. Nå skulle man tro at Pet hadde nok med Norderhaug på nærmere tjue mål, men jeg tror han hadde vel store ambisjoner. Hele Landøya så ut til å passe ham bedre. Ingen tvil om at han i den sammenheng fikk en for stor munnfull og fordøye.

Mang en gang kom han tuslende hjem, riktignok ikke med halen mellom bena, men med stygge kutt og flenger som tydelig bar preg av at hans ønsker om større territorier ikke helt hadde gått i oppfyllelse. Spesielt tror jeg nok at det var familien Stanges engelsksetter som så seg minst blid på denne inntrengeren.

I dag ville nok "førstehjelpen" bli utført av en veterinær, men den type leger tror jeg ikke man hadde hørt om på våre kanter, den gang.

Max inntok med største naturlighet dyre-doktorens rolle, han hadde alt liggende klart. Husker spesielt den halvbuede nålen, jeg mener å huske at det var en seilmaker nål. Videre fiske-sene, gasbind, saks og så selvfølgelig en flaske jod. Pet må tidlig ha forstått at til tross for smerten han måtte gjennomgå i forbindelse med sammenlappingen, så var denne behandlingen til hans eget beste. Han innfant seg alltid ganske raskt med situasjonen. Jeg hadde rollen som holderen, den trøstende og håndlanger, mens Max stod for selve "syingen". Når de fem, ti, eller femten stingene var gjort var det om å gjøre å finne metoder for at ikke såret ble slikket på og i den sammenheng var Max svært oppfinnsom.

Selv om Pet i rekonvalesenstiden kanskje til tider så litt merkelig ut, fikk sårene gro, slik at han igjen var klar til nye utfordringer.

Pet var også en ivrig svømmer og elsket vann. Når Max startet svømmesesongen blant isflakene, ofte allerede i mars måned, var Pet like ivrig i vannet som ham, mens vi andre ventet i hvert fall minst to måneder før vi hoppet uti.

Til og med fra stupebrettet hoppet den, i yr glede, når den så oss andre gjøre det.

Jeg husker ikke hvor gammel Pet ble, men svært godt at han med et av meg snekret trekors, ble gravlagt nederst i det nordøstlige hjørnet av eiendommen.

Har gjennom tidene selv hatt mange firbente venner, men den første Pet vil jeg minnes til min siste dag.

Refleks

Denne episoden hendte på min geburtsdag, den 14de mai. Det husker jeg godt, men spør meg ikke om det eksakte år. Jeg tro imidlertid jeg må ha vært ti eller elleve, altså skjedde det i 1949 eller 50.

Solen skinte som den selvfølgelig skal gjøre på geburtsdager når man har oppført seg pent gjennom året. Jeg har vokst opp med og alltid trodd på den regelen.

Dagen må antagelig ha vært en lørdag fordi både pølser og bløtkake var for lengst fortært og fotballen i full sving, mens solen fremdeles stod høyt på himmelen. Bladene på bjerkene var akkurat begynt å rulle seg ut og flagget blafret lett i vinden mens femten tjue gutter boltret seg på den store "sletta" foran huset.

Den gikk bare under navnet "sletta".

Før vi gikk til bords hadde vi hatt en runde med Max. Det hendte ofte at vi hadde det og alle visste hva det gikk ut på. Det var en kamp alle mot en og den en mot alle. Han var selvfølgelig den ene. Uansett hvor mange vi var, skulle vi prøve å få ham i bakken, mens han med all verdens triks, og de hadde han mange av, skulle holde seg stående.

Selvfølgelig gikk det til tider litt vel hardt for seg, med neseblod og skrubbsår, men det førte aldri til større skader og jeg må tilføye at så vidt jeg husker fikk vi ham aldri i bakken.

Hva han hadde fått med seg av personlige angreps og forsvars-teknikker under sin opplæring som sabotør i England kunne det sikkert skrives tykke bøker om, og de finnes antagelig i stort monn.

"Alle gruppen" lå denne gang som tidligere strødd rundt på "sletta", etter at han med lynets hastighet enkelt fintet oss vekk, en eller flere av gangen.

Jeg vet ikke hva han gjorde mens vi gikk til bords og tenkte heller ikke på det, det var jo som sagt pølser og bløtkake i anmarsj.

Gode og mette, og etter at vi var blitt lei av fotballen, overtok cowboy og indianer. Det minst populære var å spille indianer, så, som vanlig var det "elle melle" metoden som bestemte hvem som skulle være hva og dette gikk som regel bra bare det ikke ble oppdaget juks i "ellinga mellinga".

Det var som før nevn mye skog på tomten så det var nok av steder å gjemme seg.

Jeg hadde nettopp flyttet fra hovedhuset og fått rom med egen inngang i mellomhuset. Jeg husker tydelig at dette var på godt 20 kvadratmeter og kvadratisk.

Innenfor døren til høyre stod sengen i kroken, mens det i motsatt hjørne var montert en, etter datidens begrep, moderne støpejernpeis. Under vinduet ved siden av sengen var det et skrivebord med stol.

Resten av huset var bebodd av vår hushjelp og barnepike. Den siste var ansatt som et resultat av at min halvbror og halvsøster ble født i henholdsvis 1947 og 1949 og at mor arbeidet som Max sin sekretær på kontoret i Oslo.

Mine tanker var helt andre steder enn å tenke på Max. Riktignok visste jeg at han skulle på heimevern-øvelse samme kveld og natt, men det var for ham en helt vanlig situasjon i weekendene.

Han var leder av Heimevernet i Asker og innførte tidlig realistiske øvelser.

At disse øvelsene var realistiske var det ingen tvil om. Husker godt en gang han kombinerte en slik øvelse med noe som for ham var nyttig.

Den i innledningen av disse historiene nevnte eplehagen på Norderhaug var delt i to, den øvre og den nedre. Den nedre startet rett bak hovedhuset og strakk seg helt bort til utedoen, sikkert nærmere hundre meter fra huset. Trærne i den nedre hagen var eldgamle, i hvert fall de som lå nærmest huset og var antagelig modne for utskifting da de ikke lenger gav særlig mye frukt. Jeg vet ikke om dette var det riktige motiv, men nok om det.

En spesialgruppe i heimevernet skulle trenes i sprengningsteknikk, og slik gikk det til at det ene epletreet etter det andre gikk i luften med øredøvende brak. Ladningene ble plassert på forskjellige høyder av stammene slik at de etter eksplosjonene kunne studere virkningen. Deretter ble ladningen gravd ned under røttene slik at disse fulgte med i salvene. Det å felle trærne for siden å bli kvitt røttene på annen måte ville være en omfattende jobb.

Dette var ikke første gang det kom klager fra naboene, men sjelden kom de så langt borte fra som Øvre Nes hovedgård, som jeg vil anslå til å ligge rundt en kilometer over dalen mot Nord.

Dette var et sidespor med lite refleks men gir allikevel forhåpentligvis litt bakgrunnsinformasjon til det som hendte videre på denne geburtsdagen.

Husker ikke foranledningen, men antagelig var det ett eller annet jeg skulle hente på værelset mitt.

Løper opp trappen til verandaen hvorfra døren fører rett inn til rommet.

Idet jeg tar tak i håndtaket og så vidt har åpnet døren, er det som om en skygge forflytter seg med lynets hastighet fra sengen og diagonalt over til peisen med god avstand fra gulvet.

For meg virket det som om alt dette skjedde før døren var helt åpnet.

Når jeg får samlet meg etter sjokket ser jeg Max stå, helt forvirret, med ryggen til peisen i en stilling som så ut til at han hadde våpen i hånden, noe jeg skynder meg å tilføye at han ikke hadde. Jeg var allerede den gang fullt innforstått med skytestillinger. Han trente til stadighet, enten i hagen eller på skytebanen, og jeg var nesten alltid med.

Når han et øyeblikk senere kommer til seg selv reagerer han med et kraftig sinne, som riktignok snart gikk over når han forstod at jeg ikke hadde vekket ham med vilje.

Det jeg beskrev som en skygge var selvfølgelig Max, men kan mitt inntrykk virkelig være realistisk, at han i ett byks på vel fire meter fra sengen, nådde over til peisen?

Der hadde han gått for å ta seg en god hvil før nattens utfordringer, lengst borte fra vår spising med påfølgende fotball og selvfølgelig ikke regnet med å bli forstyrret.

Jeg kan bare spekulere på hva som foregikk i hans underbevissthet der han lå og sov før jeg tok i dørhåndtaket og at han som en refleks reagerte som han gjorde.

En ting er imidlertid hevet over tvil, det var ikke kontoret han hadde hatt i drømmene.

Låven

I flere av disse historiene fra Landøya har låven vært nevnt. Røde takstein, stående rødmalt panel på ytterveggene samt hvite møner og vinduskarmer.

Stableloftet var spennende og ble i mørke vinterdager flittig brukt til lek når været ikke var for fristende.

Alt dette bare de første årene etter krigen, mens stableloftet enda var spennende. Hva vi lekte husker jeg knapt, men at vi til tider satte ekstra grå hår i hodet på Bergstrøms som bodde i førsteetasje er det liten tvil om.

Vel, mer og mer av det som etter hvert ikke fikk plass verken i hoved eller mellomhuset, ble stablet på låven.

Lenge etter at jeg flyttet fra Landøya og hadde etablert eget hjem, ble det til at også jeg plassert forskjellige ting der etter hvert som vi flyttet fra vår første leilighet på Ljan til Halvdan Svartes gate og deretter til Skillebekk. Ved siden av dette hadde jeg etter hvert tilegnet meg en ikke liten samling av antikke skrivemaskiner;

dette som et resultat av min spesielle interesse for det tekniske ved disse og at jeg selv over flere år holdt på med utvikling av forskjellige skrivemaskinprinsipper. Disse hadde jeg heller ikke plass til hjemme, så de ble også plassert på låven i påvente av andre planer.

Max hadde stadig tanker om å rive låven med det for øye å bygge et nytt hus til seg og mor, slik at hovedhuset etter hvert kunne fristilles til neste generasjon.

Planene må ha tatt form og fått et gjennombrudd, for på et tidspunkt begynte han å mase på meg at jeg måtte fjerne det jeg etter hvert hadde akkumulert der oppe på låven.

Med store engasjement både forretnings og fritidsmessig ble det ikke til at jeg tok særlig notis av disse oppfordringene, noe jeg senere kom til å angre på.

Deres planer må etter hvert ha blitt til realiteter. Låven hadde den utvilsomt beste plassering på hele eiendommen idet den lå på den øverste del av denne, med fin utsikt ned mot både mellom og hovedhuset og gjennom trekronene kunne man se nordover over dalen helt opp mot Nes Hovedgård. Det helt rette sted på eiendommen å bygge det nye huset.

Det var antagelig i forbindelse med at de hadde fått godkjent planene om bygging av det som, når det var ferdig kom til å hete "Tårnhuset", at det plutselig kom fortgang i rivningsplanene.

Bergstrøms hadde flyttet ut for mange år siden så alt lå godt til rette.

Her er det jeg går litt surr i erindringene. Husker godt at Max ved flere anledninger hadde fortalt hvordan han hadde planer om å lage en heimevern-øvelse med sikte på å brenne ned låven. Jeg antar at materialene i seg selv var av svært liten verdi og at det ville koste mer å foreta en ordnet riving enn å brenne det hele. Men så har nok tiden fløyet rimelig fort, for som jeg forstår på sikrere familiekilder enn meg i denne sammenheng, var Max ikke lenger heimevern-sjef da låven ble revet. Derved kunne den opprinnelige plan antagelig ikke bli satt ut i livet.

Imidlertid bodde det den gang, i mellomhuset, en mann ved navn Magnar. Han hadde nettopp flyttet inn og var i gang med å starte for seg selv og hadde anskaffet en gravemaskin. Han og vennen Vidar fikk derved som en av sine første jobber, oppgaven med å rive låven, for så å ta hånd om alt gravearbeidet i forbindelse med "Tårnhuset".

Alt var lagt godt til rette forstår jeg og selv om det er noe usikkert med detaljene, ble nok Asker brannvesen innkalt til det som skulle bli starten på nedrivingen, nemlig en brann. Ingen kan med sikkerhet fortelle meg om dette er riktig, men det som imidlertid er korrekt er at når Magnar skal starte selve på-tenningen av låven, var det så vidt det ikke endte i katastrofe. Det ble av ukjent grunn sølt med bensinen og det var med et nødskrik at han ikke selv endte i aske.

Etter selve brannen, som for øvrig visstnok gikk bra og var vellykket på alle måter, tok Magnes gravemaskin over. Han smadret det som stod igjen og det hersker ingen tvil om at hele prosessen må ha vært både presis og effektiv, for det som til slutt var igjen kunne fjernes i noen ganske få billass.

Kan sikkert være at jeg fikk et siste varsel om å fjerne de eiendeler jeg ville ta vare på, da de ellers ville forsvinne i kampens hete, men uansett, så skjedde ikke det i tide.

Blant det utbrente skrotet befant det seg vel et dusin tilintetgjorte antikke skrivemaskiner, samt del-prototyper av vår egenutviklede elektromekaniske skrivemaskin, som dessverre aldri kom til å bli utstilt på noe museum, men det var jo min egen feil.

Selve rivningen av Låven skjedde sommeren 1980 og med Magnes dyktighet og gravemaskin gikk det både fort og greit med grunnlaget for det som etter en rimelig byggetid ble til "Tårnhuset", tegnet av arkitekt Odd Jebe. Dette skjedde til stor glede for den kvinnelige del av neste generasjon, som så overtok hovedhuset.

Garasjen

Kanskje ikke så rart at det manglet en garasje når vi flyttet til Landøya. Garasjen var selvfølgelig oppfunnet, men med de få bilene som hadde eksistert i området før krigen og de svært få som var i drift umiddelbart etter, var behovet for eget hus for sådanne svært begrenset.

Max hadde imidlertid fra første dag vi flyttet inn allerede fått tak i en klassiker av en Mercedes kabriolet. Jeg kunne sikkert med litt vilje til etterforskning ha brakt på det rene hvilken modell det dreide seg om, men for meg er ikke det nødvendig. Familien har både film og jeg tror bilder av den og for meg kan jeg når som helst fremmane minnet om bestefar sittende alene i baksetet på den kullsvarte linjevakre stjerneutgaven med nedslått kalesje, under en spisepause enten fra eller til Lærdal hvor han bodde. Om det er bestefar eller bilen som står sterkest i den erindringen kan jeg ikke si sikkert, kanskje står de likt når alt kommer til alt. Utholdenhet og slitestyrke, godt forbundet med kvalitet på alle fronter.

Utfordringen var nok imidlertid, den gang umiddelbart etter krigen, mer behovet på den mekaniske siden når det gjaldt reservedeler enn det samme på den menneskelige, at disse ikke bare var vanskelige og oppdrive, men i de fleste sammenhenger umulige å få tak i.

Max var en utpreget "handy man", fikset det meste av mekanisk karakter på egenhånd og hadde stor fantasi når det gjaldt å finne improviserte løsninger.

Greit nok å spille bilmekaniker om sommeren, men svært annerledes om vinteren med snø, vind og kulde, når man ikke har tak over hodet.

Som en naturlig følge av det fikk han allerede første senhøst etter krigen hjelp til å sette opp et provisorisk tak foran inngangen til hovedhuset, mellom dette og en mur som dannet grensen til den høyere liggende frokostplassen ved siden av det store kastanjetreet.

Dette ble en kombinert parkeringsplass for Mercedesen og verksted.

Kanskje ikke den mest hensiktsmessige plassering, da man for å komme inn i hovedhuset måtte gå gjennom dette provisoriet.

Det siste var derfor sikkert med i Max sine planer. Det må ha vært allerede neste vår at han startet opp arbeidet med å bygge en skikkelig garasje som skulle ha god plass til to biler og med en arbeids-grav med full ståhøyde.

Åsmund Jørgensen, en nær slektning av fisker Jørgensen, han med pølsene, fikk ansvaret for grovarbeidet.

Sett fra portens side mot mellomhuset skulle garasjen plasseres på høyre side av dette. Bakken skrånet bratt fra mellomhusets ikke utgravde første etasje og opp mot husets boligflate.

Utgravingen må etter datiden ha vært ganske omfattende og jeg kan ikke huske at gravemaskin eller lignende ble benyttet. Det gikk nok på trillebør og med hakke og spade, samt bortkjøring med lastebil.

Etter hvert ble et omfattende forskaling-arbeid gjennomført, med støttebjelker som skulle holde det flate betongtaket på plass, mens armeringen styrket dette under sementens tørking.

I garasjens forkant hadde Åsmund snekret opp en stor firkantet kasse, jeg antar rundt tre ganger tre meter og en snau meter høy. Her skulle sementen blandes. Det var selvfølgelig ikke snakk om sementblander den gangen. Det foregikk ved at Åsmund stod mitt inne i "bingen" mens hjelperen spadde på med sand og sement. Samtidig med at vann ble helt på, blandet han det hele med en spade.

Om den ferdigblandede sementen ble fraktet rundt og opp med trillebør eller om den ble heist opp husker jeg ikke, men ettersom alt foregikk manuelt pågikk selve fyllingen av forskalingen over en lengre tid selv om ekstrahjelp var innkalt.

Selvfølgelig forstod jeg ikke den gang at byggematerialet betong var en blanding av sement, sand, eventuelt stein og vann.

Åsmund hadde sent på ettermiddagen tømt "bingen" for dagens ferdigblandede sement og gjort alt klart for neste dag. Sement i riktig forhold til sand hadde han i store mengder blandet ved hjelp av hundrevis av spadetak, alt for å få en lettere start på morgendagen. Alt som manglet var riktig mengde vann, en fornyet blanding med spaden og så klar for transport til forskalingene.

Jeg velger nå i ettertid å tro at det må ha vært min mening å gi Åsmund en hjelpende hånd, ikke sabotasje, noe som det selvfølgelig så ut som neste morgen når Åsmund var på plass for dagens dont. Eller, var det mulig at jeg allerede den gang forstod prosessen og gjorde dette med vilje? Vel, jeg har alltid innrømmet at jeg ikke var en engel, men allikevel da, kan jeg ha vært så full av f.…

Der hadde jeg kvelden før slitt meg ut med å fylle vann i "bingen", hadde antagelig fått venner til å hjelpe meg også, og så, neste morgen møter Åsmund en steinhard betongklump på langt over en kubikkmeter.

Jeg husker ikke hva avstraffelsen ble, så det er kanskje godt mulig at det hele ble oppfattet som "en hjelpende hånd", selv om jeg tviler på det.

Garasjen ble imidlertid etter hvert ferdig og ble flittig brukt til husvære for en rekke forskjellige biler som etter hvert som tiden gikk kom familien til del.

Min første bil, en Lancia Aprilia 1949 modell som jeg kjøpte i Italia mens jeg gikk på skole der, gjennomgikk en total utskifting av alle fire rådelager med meg som mekaniker, stående i "graven".

Det må tilføyes at umiddelbart etter at garasjen var ferdig ble den midlertidige, den med presenning foran inngangen til hovedhuset fjernet, ikke minst til min mors store glede.

Både grunnmur vegger og det flate taket, alt i betong, må ha vært riktig så solid, for ikke mange år etter at garasjen ble bygget, fikk en egen leilighet plass på toppen. Den, kald det gjerne en utvidelse av mellomhuset ettersom både tak og møne går i ett med dette, står der den dag i dag og var min mors bolig de siste årene før hun døde, 96 år gammel.

Hånden
September 2012

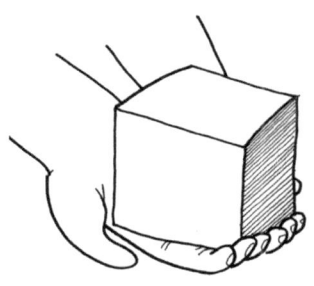

"Jeg tar hånd om det". Her stråler det av selvtillit, styrke og trygghet.

"Kan du ta hånd om det?" Her kan det dreie seg om liten selvtillit, styrke eller trygghet, kun et spørsmål som håpefullt tar sikte på at en annen sier ja til å gjøre jobben.

Dette er selvfølgelig ikke tilfelle hvis det dreier seg om en delegert handling gjort av en ansvarlig leder.

Han eller hun vil bare ha en bekreftelse på at den valgte føler seg trygg med oppgaven og ansvaret.

Hvem var først ute med uttrykk som dette, eller den jeg setter meget stor pris på. "Det kommer intet inn i en lukket hånd?"

Symbolikken favner bredt, det ligger klart i luften at skal man komme noen vei må man i utgangspunktet være åpen.

"Å sitte med gode kort på hånden" betyr nødvendigvis ikke at man spiller kort. Uansett i hvilken sammenheng, gir uttrykket et inntrykk av styrke.

"Hånden på bibelen" symboliserer alvor, man er under ed.

Med "Hånden på hjertet" viser du trofasthet, lojalitet og kjærlighet.

For de som tror på det, er håndspåleggelse en virkelig kraft og utføres som det uttrykks, med hånden.

Disse eksemplene relatert til hånden må antagelig opprinnelig være skapt fordi hånden symboliserer allsidighet og styrke.

Selvfølgelig må hånden styres, ellers ville den være verdiløs. På egenhånd er den maktesløs. Et klapp på skulderen symboliserer anerkjennelse, en klapp på baken noe helt annet.

Hva med klappet på kinnet? Symboliserer ikke det vennlighet og kjærlighet?

Hånden er langt fra bare avslutningen på armen, med normalt sine fem fingre.

Vanligvis er det den man hilser med når man møtes og som man vinker med når man tar farvel.

Det er den man gjør honnør med og det er den man klør med.

Fingeravtrykk er visstnok fremdeles den sikreste form for identifikasjon, hvis man da ser bort fra DNA, men den er jo ikke så lett å se med det blotte øyet.

Hva skulle man for eksempel gjøre uten håndens pekefinger, i de land som ikke er kommet lenger enn at de ved folkeavstemninger dypper fingeren i vaskeekte blekk som bevis på at de har avgitt sin stemme og kun en gang, ganske fikst tross alt?

Hvorfor det alltid er pekefingeren som benyttes til dette kan man undres over, eller er det mulig at min observasjon i den sammenheng er uriktig?

Ellers er det vel ikke en av fingrene som er uegnet som oppbevaringssted for all verdens typer ringer, mens det vel til syvende og sist er den såkalte ringfingeren som er den mest populære til det.

Hva så med de som besitter krefter til å tyde din fremtid, hva skulle de gjøre hvis de ikke hadde hånden som informasjonskilde? Hvilke andre steder enn i hånden skulle de kunne finne livslinjen?

Det ville være håpløst å ramse opp alle selvfølgelighetene som gjelder håndens bruk, det ville fylle mange leksikon og uansett aldri bli heldekkende.

Nei, det er de helt spesielle håndegenskapene man bør feste seg ved. Eksempelvis en kirurgs styring av instrumenter, en pilots kontroll i cockpit og alle typer håndverkeres allsidighet.

Her kunne man fortsette i det uendelige, men jeg lar hånden avslutte med et solid symbol på enighet, som kan gå begge veier.

Enten "Jeg gir deg hånden på det" eller "Gi meg hånden på det"

Tenk for et godt liv vi kunne leve hvis vi unngikk dumheter.
GM

Håret
Januar 2013

Håret jeg har I tankene er det vi vanligvis har på hodet. Jeg sier vanligvis, fordi en god del av oss menn i hvert fall, har en tendens til at manken etter hvert som tiden går, innskrenkes til å dekke bare begrensede deler av hodet eller at den simpelthen forsvinner helt.

Dette ser ut til å være en naturlig prosess for dem det gjelder og er visstnok ikke normalt relatert til noen form for mangel på vitaminer eller sykdomstegn.

Jeg sier igjen vanligvis, for alle vet at håravfall også kan skyldes det.

Det er flere grunner til at jeg begrenser meg til håret vi vanligvis har på hodet. Det kunne være fristende å utvide, men da ville det lett kunne føre til diskriminering. Det kunne være enkelt å ta med andre hår-bevokste områder, men det ville i så tilfelle, når alt kommer til alt være naturlig å holde visse deler utenfor.

Jo, hår-områdene må nok av den grunn begrenses. Ikke for det, så lenge jeg holder meg til hodet kan det vel ikke være diskriminerende at jeg tar en tur innom hårvekst i ansiktet? Ingen andre hår-begrodde kroppsdeler kan vel av den grunn føle seg diskrimert?

Menn synes ikke utad til å være svært opptatt av sitt hodehår, men innerst inne lurer jeg på om det er riktig.

Den først "Bryl hår-kremen" i ungdommen ble i mange hjem gjenstand for heftige diskusjoner, samtidig som sveisen til Elvis og for ikke å snakke om traktorskoene, nok ofte ledet til familieoppgjør.

For min egen del husker jeg god både "Brylen" og "Elvissveisen", men traktorskoene ble det aldri noen debatt om hjemme, der gikk mine foreldres toleranse over i veto.

Det var den gang, for mange, mange år siden.

Hva som får oss menn til å velge hårfasong har jeg ofte tenkt på. Jeg har hatt skill så lenge jeg kan huske og selv om også min hårmanke etter som årene har passert er blitt adskillig tynnere, helt grå og mindre dekkende, har jeg fremdeles skillen på venstre side.

Dette slett ikke som symbol på at jeg er venstreorientert, noe jeg bestem ikke er og aldri har vært, men det ble bare sånn helt fra begynnelsen.

Spesielt blant de yngre er det vel helst moter og idoler som preger hår stilen.

Hvor mange "Ronaldoer" ser vi ikke rundt oss og hvor mange ti talls tonn "style gel" selges ikke for nettopp å oppnå sammenligningen?

Klart at Becham også, som rollefigur, har satt sitt preg på sine disipler. Det er sikkert fint, men at han valgte tatovering som sin spesielle stil er det sikkert ikke vanskelig å forstå at jeg ikke helt kan identifisere meg med.

Selvfølgelig aksepterer jeg at enhver fritt kan "pynte" seg på den måten de ønsker og det er jo et faktum at våre forfedre, av blant annet rituelle grunner, også gjorde de utroligste ting for å oppnå oppmerksomhet.

Ikke derved sakt at de som i dag utstyrer seg med tatoveringer, skrur tiden tilbake. Tatovering har alltid eksistert og også i den sammenheng går populariteten i bølger.

I øyeblikket virker det på meg som om vi virkelig er på en bølgetopp når det gjelder tatoveringens popularitet.

Det er slett ikke sikkert at han, Becham altså, hadde noen spesielle motiver i tankene når han startet med sine "utsmykninger".

Kanskje det var Victorias drøm som skulle tilfredsstilles, eller, hvem vil noen gang få vite, kanskje det bare var et avansert "stunt" for å bli lagt ekstra merke til?

Nå er jeg på vei til å gli utfor. Jeg må holde meg til håret, ikke fordi jeg misliker Bechams hår stil, tvert imot. Har ikke han også en form for skill og er ikke den også på venstre side?

Kvinner derimot, i motsetning til menn, har et helt annet forhold til sitt hår, noe jeg svært godt forstår. Stil og farge er ikke to forskjellige ingredienser, hos dem hører disse sammen.

Hva skal velges? Et utall av forskjellige fargenyanser er tilgjengelig og hvilket utrolige utvalg av frisyrer står de ikke overfor?

De fleste finner godt ut av det etter min mening.

Personlig er jeg ikke spesielt begeistret når enkelte kvinner utstyrer seg med guttesveis, men det er jo ikke min sak, det kan jo være udelte årsaker til at de velger det. Det med at jeg ikke er spesielt begeistret for kvinner med guttesveis er forresten ikke helt riktig. På enkelte helt spesielle kan det faktisk være særdeles kledelig.

Har man levd Syd i Spania i en tid har man blitt bortskjemt når det gjelder det kullsvarte, lange håret. Utvilsomt noe ganske spesielt med det.

Når det gjelder kvinner og hår snakker vi om virkelig store penger. Billionene ruller fra de håpefulle og indirekte rett i lommen på de som skaper psykosen.

Det er ikke vanskelig å se hvem som har råd til TV reklame, men, som vi vet, business er business.

Det er noe med at sunt hår gjenspeiler et sunt legeme. Her kan det selvfølgelig lett snike seg inn noen misvisninger, spesielt hvis manken er et resultat av et av disse vidunderproduktene. Nei, "sku ikke hunden på hårene".

Ellers synes det som om hår i ansiktet hos menn er en motesak. Kvinner gjør til enhver tid alt de kan for å kvitte seg med den minste tendens til det samme, mens det antagelig er en hærskare menn som spekulerer på hvordan de best vil ta seg ut med den ene eller andre form for skjegg eller bart, eller for den saks skyld begge deler.

Har det å gjøre med at man søker å kompensere for noe når man anlegger hår i ansiktet?

En kledelig bart kan være grei å ha for å skjule et underbitt, på samme måte som både skjegg og bart viser at man ellers har synlig hårvekst, når hodet har gått tom for hår pryd.

For min egen del er jeg opptatt av at håret i nakken, som har en tendens til å krølle seg noe, ikke klippes for kort. Har så lenge jeg kan huske gjerne villet ha det litt fyldig der. Spesielt i de siste 10 til 20 årene har jeg alltid gitt klare instrukser om dette når jeg er hos frisøren. Kan det ubevisst ha noe å gjøre med at "månens" diameter, gradvis dog ikke med stor hastighet, har en tendens til å utvide seg?

Vi lar i denne sammenheng synspunkter på "tupe" eller andre hår-surrogater, ligge. For dem som går for slike løsninger, er sikkert argumentene gode nok.

Det må også være store penger i menns hår-produkter, noe som antagelig er et bevis på at også menn har blitt mer opptatt av sitt utseende.

I de sener år har jeg lagt merke til at det reklameres mer og mer for produkter som skal gjøre at menn beholder sin naturlige hårfarge, og som gjør at tendensen til gråning holdes i sjakk. Det dreier seg visstnok ikke om å farge håret, men bare om å holde de spirende grå i sjakk.

Har aldri prøvd den varianten da jeg egentlig har funnet meg godt til rette med den grå sjatteringen.

For ikke å holde noe tilbake innrømmes herved at jeg bruker en sjampo som visstnok gjør at det som fremdeles er tilbake av hår forblir grått og ikke glir over i den hvite sjanger.

Som man forstår av dette kan heller ikke jeg frita meg helt fra et snev av forfengelighet når det gjelder håret.

Kjære ...., gi meg en sjanse

Gi meg en sjanse til å elske deg-
Gi meg en sjanse til å være meg-
Gi meg en sjanse.
Gi meg en sjanse til å gi deg å ta deg-
Gi meg en sjanse til alltid å ha deg-
Gi meg en sjanse så er du snill-
Gi meg en sjanse, jeg vet at du vil.
GM

Ignoranse
Oktober 2013

Hvorfor i all verden dveler jeg ved dette ordet. Heldigvis blir det ikke brukt så mye, men når det blir brukt er det som regel i alvorlig sammenheng.

Hvis det er slik at vi i den daglige verden forbinder ignoranse med dumhet, noe jeg tror man ofte gjør, ja så er det feil og i så tilfelle kan det være verdt å fordype seg litt i ignoransen.

Jeg tar på ingen måte opp konkurransen med Wikipedia eller andre, som med sider opp og sider ned presenterer all verdens fortolkninger av ordet.

Kanskje er det noe jeg oppfatter som selvmotsigende i tolkningene jeg dveler ved.

Hvis ignoranse har noe med det å ignorere og gjøre, noe som vel lyder rimelig, virker det kanskje i denne sammenheng litt søkt at det å ignorere visstnok betyr noe sånt som: " å nekte å ta hensyn til", mens ignoranse beskrives blant annet som: "å late som man ikke kjenner til eller vet noe om det eller det, eller å være likeglad med".

Ser man på ordet ignorant, altså det å være ignorant, som vel også har noe med ignoranse å gjøre, så beskrives det blant annet med: "å mangle kunnskap om eller å mangle kjennskap til det eller det". I denne sammenheng også: "å mangle utdannelse eller å være usofistikert".

Videre beskrives ordet ignorant som følger: "en person som er i en tilstand av å være uvitende; ofte brukt som en fornærmelse for å beskrive individer som med vilje ignorerer eller ser bort fra viktige informasjoner eller fakta". Jeg ser dette som likt med: "å uttale seg mot bedre vitende".

Allerede her blir det vanskelig for oss vanlige å følge med og dette er jo bare noen meget enkle vinklinger.

Jeg hadde nok ikke gitt meg i kast med dette med ignoransen hvis jeg ikke hadde noen egen-opplevelser relatert til ordet. Disse skal jeg ikke referere til, hverken med navn eller situasjon, men mer med holdninger som sikkert flere kan identifisere seg med, enten ved å analysere seg selv eller trekke frem erfaringer man har hatt.

Strutsen er kjent for å stikke hodet ned i sanden når den værer fare. Den tror derved at den er usynlig og ikke blir lagt merke til. Faktum er at den selvfølgelig er like synlig, mens selvbedraget gjør den trygg.

Hva har så strutsen med ignoranse å gjøre, og ikke minst med mine egne opplevelser i den sammenheng?

Jo, ellers intelligente og velutdannede mennesker, som ikke på noen måte er dumme, kan i spesielle sammenheng opptre med ignoranse.

Fullt tilgjengelig informasjon er til stede når det gjelder alle sider av en sak. Det vites også med rimelig sikkerhet at den eller de det gjelder må sitte inne med disse informasjonene.

Ytre indoktrinering kan antagelig også spille en vesentlig rolle når det gjelder adferdsmønsteret.

Allikevel skjer det igjen og igjen at deres handlingsmønster tydelig bærer preg av at reelle, tilgjengelige informasjoner fullstendig tilsidesettes, med andre ord ignoreres, noe som ufravikelig bærer preg av ignoranse fra vedkommendes side, eller hva?

Er dette bevisst, eller blir det bare sånn? Er det en form for beskyttelse, altså strutseleken, eller er det en handling man er seg fullt bevisst?

Igjen må vi holde oss klart at: "ignoranse adskiller seg fra stupiditet, selv om begge kan lede til ukloke handlinger".

I mine selvopplevelser velger jeg å tro at handlingene ikke har vært fullt bevisste.

Velger jeg a tro at de var fullt bevisste handlinger får det hele et mye mer alvorlig preg, som skulle ha ført til dertil egnede konsekvenser.

Godt jeg er tolerant.

I politikk hører denne form for ignoranse med til hverdagen. Der er handlingene fullt bevisst. Man vet at man snakker mot sitt bedre vitende, for det må man jo til tider; det er etter min mening blant annet det som, dessverre, er en del av politikken. Kan dette beskrives som en form for uærlighet?

Hvis jeg holder meg til den tidligere nevnte beskrivelse av ordet ignorant: "en person som er i en tilstand av å være uvitende; ofte brukt som en fornærmelse for å beskrive individer som med vilje ignorerer eller ser bort fra viktige informasjoner eller fakta", så er det vel den jeg holder meg til når det gjelder mine egne opplevelser, og i de foran nevnte kommentarer når det gjelder politikk.

Hadde man hatt et åpent verdensmesterskap i kunsten å forvrenge fakta, tror jeg nok at Iraks informasjonsminister under Saddam Hussein ville tatt gull-medaljen i 2003.

Muhammed Saeed al-Sahaf, populært kalt Comical Ali, fremstod for oss alle på TV med uttalelser som at: "Det er ingen amerikanere i Irak, det er kun illusjoner". Amerikanerne stod da 10 mil utenfor Bagdad. Han ble en "helt" med egen nettside. Om det er riktig eller ikke skal være usagt, men irakiske aviser hevdet at han begikk selvmord ved henging kort tid senere.

Vel, dette var vel også en form for politikk.

Fullt vitende om at jeg kan ha misforstått detaljer rundt mine tolkninger av ignoranse, har jeg i hvert fall ut fra mine forutsetninger rett. Er du nysgjerrig på hva jeg mener med det, kan du ta en titt på min tidligere refleksjon: "Hva er riktig og hva er galt".

Ellers må jeg nok tilstå at, selv om jeg ikke har vært meg det bevisst, så kan det godt ha hendt at jeg selv i et knipetak har benyttet denne form for ignoranse.

Det ville ikke forbause meg om det å "uttale seg mot bedre vitende" er be-tydelig mer utbredt enn jeg har antatt.

Overlevelse

Det er mye som kunne fått meg til å gråte -
Det er mye som jeg kaller både løgn og gåte.
GM

Intuisjon
Mai 2013

Alle har antagelig stiftet bekjentskap med det vi forbinder med intuisjon. At de fleste av oss oppfatter betydningen av intuisjon forskjellig er bare naturlig, men det viktigste er at vi oppfatter det, at vi sanser at det er noe vi ikke helt forstår. Det bare skjer når det skjer, uten forvarsel av noen art. Intuisjon er blant annet beskrevet som følelse – umiddelbar forståelse eller fornemmelse av en sak eller situasjon. Må ikke forveksles med innsikt, det er å forstå som den logiske sammenheng mellom en utfordring og løsningen.

Det er viktig å legge merke til den beskrevne forskjellen mellom intuisjon og innsikt.

Holder vi oss til at det dreier seg om noe vi ikke helt forstår, ja så blir det lettere.

Et for meg tydelig eksempel på intuisjon, hvis jeg i det hele tatt er på riktig vei her, er et eksempel som hendte for mange år siden, i begynnelsen av åttiårene.

Jeg hadde, sammen med min daværende samboer, tilbrakt en herlig ferie sammen med min kusine og hennes mann på Tobago i Karibien. Tidspunktet var januar og det ble en ferie som aldri vil bli glemt.

Jeg hadde hatt minimal kontakt med min kusine under oppveksten, bortsett fra umiddelbart etter krigen og kan derfor ikke si at vi var godt kjent. Min samboer hadde bare truffet henne ved en spesiell anledning og det var i en av min mors runde geburtsdager.

Det var ved den anledning at avtalen om ferien ble inngått.

Selve reisen og opplevelsen er i denne sammenheng uinteressant, bortsett fra at vi alle hadde en ualminnelig fin tid sammen og at samboeren og min kusine kom spesielt godt overens.

I hvilken grad kontakten ble opprettholdt husker jeg ikke, da de bodde i Bergen og vi i Oslo, men jeg tror den fysiske kontakten var sjelden, bortsett fra ved spesielle familieanledninger.

Husker ikke om det var noen foranledning, men min samboer hadde i hvert fall en forferdelig natt uten særlig mye søvn. Hun hadde mareritt uten å kunne redegjøre for hva hun hadde drømt, men sikkert var det at ifølge henne hadde noe forferdelig skjedd. Jeg mener å huske at hun våknet, ikke så lenge over midnatt, og at det deretter var vanskelig for oss begge å sovne igjen.

Klokken var ikke blitt åtte om morgenen før telefonen ringer. Fortumlet tar jeg den og kjenner raskt igjen stemmen til min kusines mann.

I ikke særlig sammenhengende ordelag forteller han at min kusine hadde dødd samme natt, litt over midnatt.

Hvem av oss som fikk det største sjokket husker jeg ikke, men tror det må ha vært meg. Hun hadde jo fått et forvarsel om at noe skrekkelig hadde hendt og var på en måte forberedt.

Man sier at det er viktig å lytte til kvinnelig intuisjon.

Jeg tviler på at det er noen som ikke har hørt om kvinnelig intuisjon

Hvordan kan det ha seg at kvinner tilsynelatende har mer og tilsynelatende riktigere intuisjon enn menn, eller er dette bare noe som går på folkemunne?

Når jeg nå går i tenkeboks, ransaker meg selv for å prøve å finne noen eksempler på min egen intuisjon, er det nesten utrolig at jeg ikke kan komme på en eneste.

Jeg spør min kone som umiddelbart sier at det mener hun å ha hatt mange av, men det å få noen konkrete eksempler ut av henne sitter tilsynelatende langt inne.

Jeg får prøve litt senere å se om jeg til i morgen kan få satt noen på papiret.

Det kan jo være så enkelt at jeg også har en rekke eksempler på min egen intuisjon, men at de bare ligger lagret i en skuff som ikke så lett lar seg åpne, vi får vente litt å se.

Kommer plutselig på noe som kan ha relevans til intuisjon:

I ledelse og sett fra en forretningsmessig vinkling hvor man ikke som i min den gang samboers eksempel ser en hendelse nesten umiddelbart etter en drøm, mener jeg fra egen erfaring at intuisjon har vært av større betydning for meg enn mange andre styringsverktøy. Det er selvfølgelig ikke slik at intuisjonen som sådan skal eller kan styre alene, men i mange sammenheng har det for meg vært slik at den såkalte "magefølelsen" til syvende og sist har hatt utslagsgivende betydning for avgjørelser. Er det dette som på engelsk heter "gut feeling", og er uttrykket på linje med intuisjon?

Nå begynner det etter min mening å bli mer kjøtt på benet, i hvert fall når det gjelder min egen forståelse.

Noen går så langt som til å hevde at intuisjon er en form for sjette sans. Tror imidlertid at man i denne sammenheng skal være forsiktig med å isolere intuisjonen og som sådan sette den opp på en pidestall. Alene og uten støtte blir nok intuisjonen, benyttet som styringsverktøy, noe usikker. Vil gjerne se den i forbindelse med for eksempel personlige evner som gjennom tid har blitt bygget opp og vist seg og være overveiende brukbare. Er det dette man kaller erfaring?

Uansett, det er uklokt og undervurdere erfaringer.

Vardøger beskrives som en varslende følgeånd som går foran personen den er knyttet til, og hører eller viser seg like før personen selv kommer.

Vardøger beskrives av noen som forutanelser – altså at man opplever eller aner noe før det faktisk skjer.

Hvorfor skulle jeg nå bringe vardøger inn i dette når alt ellers så rimelig greit ut?

Igjen, intuisjon beskrives som en umiddelbar forståelse eller fornemmelse av en sak eller situasjon.

Jeg har vanskeligheter med å lage klare distinksjoner her, dette blir som å vandre på kniveggen etter min mening.

Like før telefonen ringer vet man at den vil ringe og til og med hvem som ringer. Dette har vi alle opplevd. Intuisjon eller vardøger?

Må jeg velge i denne sammenheng heller jeg til at det her er snakk om vardøger, men er langt fra trygg på avgjørelsen.

Det som imidlertid står klart for meg er at når det gjelder intuisjon benyttet som styringsverktøy, som nevn ovenfor, ja da finnes det ingen sammenligning.

Tenk hvordan det skulle ta seg ut om man skulle la vardøger ta del i forretningsdriften?

Innser at jeg er på dypt vann her, så jeg får heller se om jeg kan få lirket noen eksempler på kvinnelig intuisjon ut av min kone. Som nevnt prøvde jeg på det i går men uten hell, så nå får vi se.

Min intuisjon sier meg at hun arbeider med saken og at jeg på et tidspunkt vil få, ikke bare ett, men flere eksempler.

Kommunikasjon
April 2013

Kommunikasjon er stort sett hva man gjør det til, i hvert fall til en viss grad. Jeg tenker i denne sammenheng på den verbale kommunikasjonen.

Den beste beskrivelsen av ordet kommunikasjon er etter min mening: "den prosessen som har tankenes enhet som mål", hentet fra Wikipedia. Det finnes en lang rekke flere beskrivelser naturligvis, tenk bare på hvor allsidig kommunikasjonen er, det være seg uansett i hvilken kontekst.

Som nevnt i andre sammenheng er jeg gift med min Sveitsiske kone Marianne. Vi har nå i mai vært gift i femten år og ettersom min spansk, hun snakker flytende spansk, er rimelig rusten og jeg ikke snakker Fransk som er hennes morsmål, har vi alltid oss imellom kommunisert på engelsk.

Selv om jeg er engelsk statsborger så har jeg hele mitt liv hatt Norge som base og har derfor bare skoleengelsk som utgangspunkt og vanlig skole ble det ikke for mye av.

Uansett, en helt super kombinasjon.

Selv om man selvfølgelig er blitt mer tolerant og forståelsesfull i relasjon til sin samlivspartner ettersom årene har modnet en, er det få som vil tro meg når jeg sier at vi i disse snart femten år knapt nok har vært i nærheten av det jeg vil karakterisere som en krangel.

Svaret ligger blant annet i den redningsplanken man har når man kommuniserer på et språk som ikke er ens morsmål.

"I must have misunderstood what you meant". Dette viser som man forstår ens evne til toleranse, men gir samtidig den bedre halvdel en sjanse til å glatte det over med; "yes, I understand that you must have misunderstood. What I realy meant was….". Er dette kommunikasjon? Uansett, ingen av oss behøver å føle nederlag eller miste stoltheten; er ikke vi heldige?

Jeg håper ingen tar meg for bokstavelig i dette, er nok antagelig ikke på langt nær så enkelt. Tror ikke et dårlig fundament kan reddes på denne måten.

Kommunikasjonen favner som sagt uendelig vidt.

Dagsaktuelt er forholdet mellom Nord og Syd Korea, eller kanskje mer riktig, mellom fraksjonene, de som er tolerante overfor Nord Koreas holdninger og de som stiller i den andre leiren.

Hvor langt skal man være tolerant og betrakte det hele som et spill for galleriet? Ikke nok med at de fra nord, nå i den senere tid, har utrettet store materielle skader på Syd Korea og også har mange menneskeliv på samvittigheten, truslene hagler ned på en måte som det er vanskelig å forstå at man kan la gå upåaktet hen.

Selv utenforstående som meg innser at massene i et regime som man har i nord må holdes under kontroll og at en av de beste metodene for å avlede oppmerksomheten på, fra deres egen personlige situasjon, er å skape internt samhold gjennom å vise styrke utad.

Hvor kommer kommunikasjonen så inn i bildet? Diplomati bør alltid være prøvd til det ytterste hvis det er mulig.

Kan diplomati i denne sammenheng bringe resultater og er det i det hele tatt mulig å finne en dialog med et slikt styre?

Tilsynelatende har endelig både Russland og Kina nå medgått at utviklingen har gått vel langt. Dette kan bety at den vesentlige del av verden står rimelig godt samlet mot det som skjer, men hva så? Får man dialogen i gang av den grunn, og i så tilfelle med hvem, for å finne frem til en løsning?

De forskjelliges motiv for deres holdninger til konflikten er i denne sammenheng ikke så interessant, men at Kina og sikkert også Russland ser et samlet USA inspirert Korea som en trussel til Østen, er vel ikke ukjent?

"Communicare på latinsk, er den prosessen som har tankenes enhet som mål".

Ikke det at man skal gi opp, men dette blir vel i denne sammenheng som virkelig å tro på julenissen, eller hva?

"Tankenes enhet" ville jeg nok gi opp i denne konflikten hvis jeg hadde vært involvert.

Med diplomati forstår vi vel også at det har noe å gjøre med kompromiss, gjør det ikke det?

Så er det noe med og ikke miste ansikt. I enkelte kulturer er dette siste kanskje det viktigste av alt. Hvordan det er med den saken der borte vet jeg ikke, men det er nok en viktig faktor uansett. Vi snakker jo om et enevelde og ikke om et opplyst sådant.

Kan kommunikasjon gi et kompromiss og hva skulle det eventuelt bestå av?

Den ene siden opphever alle sanksjoner og går inne med uendelig økonomisk støtte mens den andre siden lover å avvikle sine atomarsenaler og legge all videreutvikling av raketter på hyllen. Er julenissen ute igjen?

Tenk hvilket ansvar kommunikasjonen egentlig har.

Teoretisk og kun teoretisk; hadde den siste modellen vært på det realistiske bordet, ville den kunne gjennomføres uten at noen av partene mistet ansikt og i så tilfelle mistet ansikt overfor hvem, verden?

Tenk hvilket ansvar kommunikasjonen egentlig har.

Hva er forskjellen mellom Iran og Nord Korea når det gjelder atomvåpen og holdninger? Etter min mening bare tid.

Under Cubakrisen i 1962, nærmere har man tilsynelatende aldri vært en atomkrig, løste krisen seg ved at Khrushchev ble gitt anledning til å trekke sine atominstallasjoner vekk fra Cuba uten at de ble bombet, mot at USA forpliktet seg til ikke å angripe Cuba og å fjerne sine mellomdistanseraketter fra Tyrkia og Italia.

Jeg har forstått av det jeg har lest i den senere tid at Khrushchev den gang sendte to brev til Kennedy med kort intervall.

Det første med håp om at konflikten kunne løses gjennom kommunikasjon mens det andre, mottatt bare noen timer senere, hadde et langt krassere innhold med krav USA ikke på noen måte kunne akseptere.

Kennedy responderte kun på det første brevet og ignorerte det andre totalt. I svaret ble det som ovenfor nevnt gitt anledning til å trekke installasjonene vekk fra Cuba uten bombing fra USA`s side, noe Khrushchev som vi vet godtok.

Som sagt unngikk man antagelig på den måten, gjennom kommunikasjon og strategi, en katastrofe.

Min personlige erfaring når det gjelder kommunikasjon har gjennom årene vært allsidig, i den forstand at jeg som arbeidsgiver har hatt nær kontakt med ansatte på alle trinn og av begge kjønn. Bare sjeldne ganger var det, så vidt jeg husker, nødvendig å innse at kommunikasjon ikke førte frem.

Selvfølgelig klarte jeg ikke alltid å leve opp til det som var min firma-policy, den at enhver ansatt bør ha rett til å få vite så mye om driften, at selv om vedkommende ikke alltid var enig i avgjørelser og målsetting så skulle de, hvis de var interessert, i hvert fall ha grunnlag for å forstå motivene.

Det var klart ikke slik det lød i den interne firma-policy jeg den gang skrev, men den er dessverre gått tapt på veien.

I dag lyder det helt på siden med slike idealer i næringslivet vil jeg tro, holdninger som dette finner antagelig liten forståelse i dagens personalforvaltning.

I familiesammenheng var nok erfaringene, spesielt i mine yngre dager når det gjaldt kommunikasjon, noe annerledes. Jeg ble til tider beskyldt for å være feig når jeg ikke gikk inn i, etter min mening, enveisstyrte argumentasjoner hvis utfall var avgjort lenge før kommunikasjonen startet. Det er noe med at; "der hvor intet er å hente, har selv keiseren tapt sin rett".

Heldigvis hørte disse situasjonene til sjeldenheten, men de brant seg fast.

Forvrenging av sannheten eller total ensrettet holdning gjør kommunikasjonen vanskelig, om ikke umulig og det samme når det gjelder uberettiget skyld. Fortvilelsen tårner seg opp og det er da man ikke ser annen utvei enn å gå på kompromiss eller gi opp.

Mange vil sikkert av dette trekke den konklusjon at jeg heller ikke kan ha vært enkel å ha med å gjøre, noe jeg selvfølgelig har full respekt for.

Jeg tror imidlertid ikke disse forhold har satt for dype spor, men det er nok sår som ikke har vært enkle å lege.

Jeg skynder meg å tilføye at jeg generelt har et utmerket forhold til mine omgivelser, så i denne sammenheng snakker jeg om snøen som falt i fjor.

Hvis bare grunnlaget mellom partene ikke er totalt ute av balanse, bør det være mulig gjennom kommunikasjon å oppnå enighet.

Ordet alene kan pløye bedre enn plogen
GM

Konsekvenser

Mars 2014

Ordet konsekvens i seg selv sier egentlig svært lite. Det kan ses i mange sammenheng og en av dem dreier seg om å ta konsekvenser av sine handlinger.

I min konfirmasjons-tale til mitt barnebarn Nicolas i september 2013 kom jeg inn på dette med konsekvenser og at det for meg er tre stadier av konsekvenser relatert til ens handlinger som teller når det gjelder menneskers utvikling:

Utdrag direkte fra talen den 7.8.2013.

"Først har vi den ubevisste konsekvens.

Det er den som alle barn helt instinktivt benytter i sin utvikling. Hvor langt kan jeg tøye strikken før den ryker, altså før det får konsekvenser.

Du har opp gjennom årene vært en særdeles flittig bruker av metoden Nicolas og det virker til tider som om du går over streken med en klar oppfatning om at det skal bli spennende å se hva som skjer denne gangen.

Denne fremgangsmåten benyttes av alle barn og er sunn, selv om den til tider kan bli en vel stor prøvelse for foreldrene.

Den neste er den bevisste konsekvens.

Alle handlinger får konsekvenser i en eller annen form. Etter hvert lærer man seg imidlertid å forstå hva konsekvensene er av ens handlinger, mens man allikevel ofte lar det stå til. Man lærer sikkert av det, selv om det til tider kan svi, resultere i et blått øye eller det som verre er.

Videre lærer man at konsekvensene ikke alltid er de samme for de samme handlinger og det kan gi nye og overraskende opplevelser.

Dette tar det tid å erfare, noe som igjen kan koste.

Hvis man ikke handler i det hele tatt skulle man tro at man slapp unna, men da blir man hengende etter når det gjelder erfaring og det kan lett forsinke prosessen.

Sånn mitt på stammen må være mitt råd i denne sammenheng.

Den tredje er den styrende konsekvens.

Det er den hvor man før handling, nøye avveier konsekvensene. Handlingen skjer nå ikke uten at man har en ganske klar oppfatning av konsekvensene.

Når man når så langt vurderer man om handlingen er verdt konsekvensene og da er man godt på god vei videre i livet".

Man kan lett bli litt forvirret hvis man titter litt mer inngående på hva det egentlig menes med ordet konsekvens.

Ett oppslagsverk fremstiller en konsekvens som en logisk følge av noe forutgående, som enten kan være et faktum som man empirisk eller logisk har funnet frem til, eller en hendelsesmessig årsak til at noe skjer. En hendelse kan godt ha flere forskjellige konsekvenser.

Ta en nærmere titt på denne forklaringen på en konsekvens og se om det gir deg en helt klar forståelse; selv har jeg litt problemer.

Nok om det, Nicolas mente i hvert fall at han hadde forstått betydningen. Kan ikke tenke meg at han festet seg ved det empiriske eller det logiske, ordet konsekvens er bare noe man intuitivt forstår, selv i tidlig alder.

Helt riktig, ordet empirisk stammer fra det greske "empiri", som igjen betyr "erfaringsmessig".

Ikke det at jeg tror du ikke visste det, men jeg slo det for ordens skyld opp. Det med det logiske lar vi passere uten nærmere kommentar.

Når det gjelder Nicolas tror jeg han har en rimelig sterk "empirisk" grunn til å forstå det med konsekvenser.

En av konsekvensene av at man er såkalt stor i kjeften, kan være at man får seg en på "trynet". Ingen grunn til å legge skjul på at dette har skjedd meg noen ganger, men det var tidlig i ungdommen og godt før jeg fikk dette med konsekvenser klarere for meg.

Jo eldre man blir jo mer erfaring og derved bedre rustet blir man til å analysere konsekvensene, men man blir antagelig aldri i stand til helt å unngå dem. Nå er det jo heller ikke slik at man ønsker å unngå alle konsekvenser, det er jo også de gode konsekvensene innimellom, som man gjerne vil oppleve.

Jo da, de gode konsekvensene ligger på lur hele tiden, selv om ordet konsekvens nok mest blir brukt i uheldige sammenheng.

Et eksempel på gode konsekvenser kan være at man har gjort noen en tjeneste som for vedkommende kan ha vært betydningsfull.

Konsekvensen av det er at man får en god følelse og den er ofte mye mer verdt enn andre former for belønning.

Tenker man seg om er det mang en handling i dagliglivet som kan gi gode konsekvenser, Ikke minst mellom mennesker som står hverandre nær.

Den lille omtenksomheten som ofte ikke koster noe, kan gi uendelig gode konsekvenser. Men, vær på vakt, et utilsiktet ord til feil tid kan ofte være nok og føre til utilsiktede konsekvenser.

Min kone og jeg foretok på slutten av forrige år en handling som skulle få helt andre konsekvenser.

Jeg vokste opp med hunder og hadde, helt frem til jeg giftet meg med min nåværende, alltid minst en engelsk setter. Som en konsekvens av det mener jeg i all beskjedenhet å være i besittelse av en del erfaring med hunder.

Min kone hadde en korthåret dachs i mange år før vi traff hverandre, for vel tjue år siden, så hun er også vant til hva det vil si å ha hund.

Imidlertid, som en konsekvens av at hun overtok den i voksen alder etter at en skilsmisse hadde forhindret de tidligere eiere i fortsatt å beholde den, så var den både stueren og vel-oppdradd, så hun hadde med andre ord ingen erfaring med valper. Det må også for ordens skyld tilføyes at det nå er over tjue år siden jeg hadde min siste engelsksetter.

Uansett, på hennes initiativ, etter i lengre tid å ha snakket om det og veiet for og imot, satte vi senhøstes i fjord i gang en undersøkelse med sikte på anskaffelse av en liten korthåret dachs.

Jeg skal tilføye at hund nummer to i mitt første ekteskap ble et kompromiss, da det ikke var helt enkelt å ha en engelsk setter i en byleilighet, så det ble en strihåret dachs. Tross alt var det en jakthund, selv om den ikke ville bli brukt til det av meg, ettersom jeg bare gikk på fuglejakt i min tid som jeger.

Som en konsekvens av at vi hadde bestilt dachsen, opprant dagen da vi fikk beskjed fra eieren av den lokale dyrebutikken i Vera, vår nærmeste by, at vår korthårede dachs "Duke" som den allerede var navngitt av oppdretteren, var i anmarsj fra Toledo.

Konsekvensen av at vi på det tidspunkt befant oss i Portugal for å spille golf, ble at han tilbød seg å beholde den den uken det ville ta før vi var hjemme igjen.

Alt vel og en stor begivenhet var det den dagen vi hentet vårt nye familiemedlem på rundt fire måneder. Fra før hadde eieren av dyrebutikken en fransk bulldogg på vel fire år og når vi møtte de to i butikken var det klart at lille "Duke" allerede hadde satt seg i respekt. Eieren fortalte at den lille valpen helt fra første dag hadde gjort det klart hvem som skulle først til matfatet. Konsekvensen av "Dukes" opptreden ble at den franske umiddelbart hadde innfunnet seg med situasjonen.

Samtidig med at vi hentet "Duke", kjøpte min kone en rekke nødvendig utstyr, så som transportkasse for reiser med teppe, seng som skulle plassere på vårt lille kontor hvor vi hadde bestemt at den skulle sove, halsbånd, hundebånd og festeanordning for biltransport samt spesielle bleielignende tepper for det flytende og det som i mer fast form er en naturlig del av dagligdagen. Videre både mat, godbiter og tre leker for oppmuntring, både med og uten innebygde pipelyder.

Stemningen var stor og "Duke" vannet av glede ved hvert eneste forsøk på å løfte den opp; kontakten var umiddelbar.

Bilen hadde vi utstyrt med et fargerikt rutete teppe vi hadde kjøpt i Scotland tidligere og som vi mente det var fint for den å bli vant til i bilen.

Vel hjemme i leiligheten fant "Duke" seg umiddelbart vel til rette.

Enda et skotsk teppe ble plassert i den ene sofaen, den min kone benytter og hvor vi mente den skulle kunne oppholde seg når vi alle tre var hjemme og den følte trang til litt hvile.

Et par av de bleielignende teppene ble plassert på gulvet mens vårt nye familiemedlem saumfarte hver centimeter av kontor, mellomgang og den åpne kjøkkenavdelingen i stuen, samt denne.

Som en konsekvens av at dens korte ben kunne den ikke komme opp i sofaen uten hjelp, så hver gang den forsøkte seg på det ble den løftet opp.

Ikke før den var oppe, så hoppet den ned igjen og forsvant inn på kontoret for umiddelbart å komme tilbake med en av lekene i munnen. Slik gikk det i ett før den totalt utmattet, etter at den forgjeves hadde forsøkt å komme opp på egenhånd, ble løftet opp i sofaen og lagt på teppet. Sekunder senere sov den som et barn til den litt senere var på full fart igjen.

På sine rundturer var den til tider utenfor synsvinkel og som en konsekvens av at vi ikke kunne se den, benyttet den anledningen til å gjøre fra seg. Selvfølgelig var de dertil egnede teppene knusktørre.

Lang historie kort, det gjenstod til sist å legge den i sin seng på kontoret, slukke lyset og lukke døren. Ettersom det var klart at "Duke" var min kones hund, som vi alle vet kan det kun være en sjef, var det hun som gjennomførte prosedyren. Det store spørsmålet var selvfølgelig hvordan den ville reagere på dette.

Til vår store forbauselse kom det ikke et knyst fra ham før neste morgen godt etter klokken sju. Da var det imidlertid full fart inne på kontoret.

Vi hørte pipelyder og små-klynk, samt klør som krafset på døren. Nå viste det seg at det ikke var døren ut til gangen og friheten den angrep, men skapdøren som skjulte tørrforet.

Vi hadde nøye fulgt instruksene om utmåling av måltidene, men allerede etter et par dager hvor den konstant viste att den var sulten, ble konsekvensen at disse ble lettere oppjustert.

Det samme ritualet gjentok seg hver morgen.

Min kone i tøfler og morgenkåpe med halsbånd og plastpose etter en logrende "Duke", i håp om at den skulle gjøre fra seg ute. Det ble dessverre som oftest med håpet og da varte det bare minutter etter at de kom inn igjen før den fornøyd viste oss hvor flink den var, men sjelden skjedde det på de tilsiktede teppene.

Døren inn til vårt bad og soveværelse hadde vi i første omgang bestemt oss for å holde lukket. Alt innenfor hadde vi bestemt skulle være "out of bounds" for "Duke".

Etter litt frem og tilbake med bruk av både pekefinger og streng stemme gikk det også greit med at døren var åpen så lenge den kunne se en av oss innenfor, men i det øyeblikk vi gikk fra gangen inn på badet eller soveværelset ble det naturlig nok for mye for den. Sekundet senere var den på vei inn. Konsekvensen av det ble at døren for det meste ble holdt lukket. Det får da også være grenser for hva man kan forvente av en hundevalp.

Den virkelig store konsekvensen i denne sammenheng kom etter fire uker med verdens skjønneste lille hund. Praktisk erfaring og sunn fornuft fortalte oss at vi simpelt hen var blitt for "modne" til å ta konsekvensene av alle de utfordringer det ville representere og oppdra et nytt familiemedlem, for så og legge om livsstilen som vi etter femten år har vendt oss til.

Min kone luftet situasjonen med innehaveren av dyrebutikken en dag hun var forbi. Han kunne fortelle at både hans kone og datter hadde blitt svært lei seg når de måtte gi fra seg "Duke" etter den uken de hadde hatt den, men hadde av gode grunner ikke gitt uttrykk for det til oss. Han fortalte at de allerede var blitt svært glad i den.

Som en konsekvens av at hun spurte om han kunne tenke seg å overta ansvaret, konsulterte han omgående familien, som umiddelbart og med stor begeistring gledet seg til familie økningen.

Når jeg sier at alle gledet seg, kan jeg ikke gå god for det franske familiemedlems innstilling, men har senere fått bekreftet at samarbeidet går glimrende.

Den utvilsomt litt triste konsekvens for oss nå, er savnet som allerede har oppstått etter fire uker sammen med "Duke".

Den gode konsekvens er at vi kan besøke den når vi vil, og ha gleden av å se at den nå har fått et godt hjem og til og med en hundevenn, dog riktignok en franskmann. Den må helt klar ha lært seg å leve med konsekvensene av å ha fått en lillebror.

La du merke til at det var uvanlig mange konsekvenser i ovenstående? Hvor mange tror du? Helt riktig gjettet, hele femtito ganger er ordet nevnt.

Der kan du bare se, det er nesten ikke den ting som ikke i en eller annen form gir konsekvenser.

Jeg kunne med letthet ha plaget leseren med enda flere, men da ville refleksjonen antagelig fått utilsiktede konsekvenser.

Minibønn

Kjære Gud jeg takker deg mest
- nettopp fordi jeg vet du er best.
GM

Latter
April 2014

Det at en god latter forlenger livet har jeg stor tro på. Det er et privilegium å ha evnen til å le. Enten det er historier som fortelles eller filmer man ser som trigger latteren er vel egentlig likegyldig, det viktigste er at man ler. Intet er så befriende som en god latter.

Selv om det visstnok ikke er vitenskapelig bevist at latteren forlenger livet så føles det i hvert fall godt med et latteranfall.

Ikke alle ler av de samme vitsene og de samme humoristene. Disse morsomme kvinner eller menn appellerer til oss på forskjellig måte.

Når det gjelder humorister har vi vel alle våre favoritter og det er jo her som ellers heldigvis slik at vi ikke alle er like. Min observasjon er at det er flere menn enn kvinner i den morsomme kategorien, men det utjevner seg kanskje også etter hvert, som så mye annet?

Noen faller for enkel og plump humor mens andre ser det komiske i mer kompliserte former, mens andre igjen gleder seg over hele spekteret.

Det er mange som reagerer negativt på den plumpe form for humor. Den er simpelthen for enkel. Kan årsaken være at de mener at hvis de ler av den så avslører de sin egen enkelhet? Er det noe galt i å være enkel i den sammenheng?

Jeg synes selv jeg har en bra utviklet sans for humor og som spenner over et rimelig vidt spekter, med andre ord; det enkle og plumpe kan til tider være herlig, samtidig som det mer kompliserte også utløser latteren.

Hvis jeg skal nevne to favoritter på humorist-siden må det antagelig være Mr. Bean og Mr. Fawlty.

Etter min mening spenne Rowan Atkinson og John Cleese over et riktig stort spekter og jeg lar sjelden en anledning gå fra meg til å se dem i aktivitet på skjermen.

BBC har vel ellers vært ledende når det gjelder humoristiske serier i alle kategorier.

Har de først slått an, ser de ut til å være tidløse.

I tidligere tiden hjemme i Norge var nok, når alt kommer til alt, Fleksnes den som lettest fikk latteren i gang.

For mange er en humorist en som kan fortelle vitser. Den tolkingen er for meg alt for enkel.

Det er etter min mening ofte vanskelig å skille mellom det enkelte individ som humorformidler i helheten av en serie, i alle de variantene som har vært laget av BBC opp gjennom årene. Jeg holder meg til BBC for det er der jeg ser majoriteten av denne type serier. Ett er antagelig sikkert, forstår man ikke språket og nyansene i disse seriene er det umulig å få full glede av dem.

Nå kunne det være fristende å nevne flere store navn i denne sammenheng, men jeg lar det bli opp til den enkelte leser å trekke frem noen av sine favoritter fra minneboken. Det kan jo frembringe en velfortjent latter.

Apropos det å se morsomme programmer på TV, så er det noe som spesielt irriterer min kone. Nå er ikke de ovenfor nevnte programmer det hun setter størst pris på, men når hun en sjelden gang gir seg hen til disse, irriterer hun seg over den orkestrerte latter som normalt legges inn.

På mange måter er jeg enig med henne, det er som om vi trenger en påminnelse om når vi skal le. Burde ikke det være overlatt til hver enkelt?

Selvfølgelig er mange av disse programmene tatt opp på direkten i et studio med publikum, men selv da føles det som om disser er orkestrert når det gjelder bifall og latter.

Vel, dette blir individuelt og kanskje ville programmene føles helt annerledes hvis man selv og ens nærmeste TV tittere var det eneste publikum.

Det å le beskrives blant annet som å lage lyder som en reaksjon på noe morsomt.

Det skulle vel bety at latteren har mange nyanser. Vi er vel alle bekjente med knisingen og fnisingen som ofte hører hjemme som en del av hviskingen og tiskingen.

Hva som er forskjellen på å skratte og å le vet jeg ikke, men vi forstår det allikevel, på samme måte som når noen gapskratter mens andre skoggler. Uttrykkene benyttes kanskje ikke så mye, men vi er ikke i tvil om hva de betyr når vi hører dem.

De som har hatt et anfall av krampelatter glemmer nok heller ikke det så lett. I den tilstanden settes langt mer i gang enn bare det å lage lyder, hele kroppen er ofte med og man står overfor stor selvkontroll for å stoppe tilstanden. Selv om man med gjentatt hiksting synes å komme til en slutt kommer ofte nye utbrudd. Man føler seg vanligvis helt utmattet etter en slik seanse, som ofte kan starte på et meget enkelt grunnlag.

Er det å le det motsatte av å gråte eller omvendt? Jeg vil klart mene det; det dreier seg om å uttrykke følelser, sort hvitt sett, uttrykke glede eller sorg.

Når noe gråter føler vi gjerne med vedkommende, det er en helt naturlig reaksjon som nødvendigvis ikke umiddelbart fører til at vi gråter med, selv om det også hender.

Det at andre ler, betyr ikke at vi oppfordres til å le med. Hvis man for eksempel er en av flere som får høre en vits bli fortalt og hører andre le, så betyr ikke det at man selv av høflighets-grunner forventes å le med. Dette er opp til en selv. Vi reagerer og oppfatter heldigvis forskjellig.

Det hender også at man hører at andre ler selv om man forstår at de ikke har forstått vitsen. Den reaksjonen er nok noe spesiell, men er man observant vil man oppdage at det skjer.

Det å bli ledd av er nok for mange en prøvelse som sårer, men er et våpen som stadig blir brukt.

Ettersom latter som regel utløses som reaksjon på humor og man også har noe som kalles galgenhumor, hvorfor er det da ikke noe som kalles galgenlatter? Ja, slike spørsmål kan man jo stille hvis man vil sette saken på spissen, eller er litt skrudd.

Uttrykket "jeg må nesten le" hører man ofte når det refereres til noe som blant annet menes å ha et snev av selvironi.

"Jeg må nesten le når jeg tenker på hvor dum jeg var som ikke tok spilletimer". "Jeg må nesten le når jeg tenker på alle de gangene jeg har angret på køllevalget etter et gjennomført golfslag".

Nå er ikke dette et uttrykk jeg tror jeg selv bruker, men stiller allikevel spørsmålet om hvor latteren kommer inn i denne sammenheng og hvorfor man nesten må le? Hvis man bare nesten må le så ler man vel ikke? Det er som om noe må tilføyes for at det skal få mening.

Uttrykket benyttes også uten ordet nesten og da blir det kanskje litt mer mening i det hele, nettopp fordi man ler, men så blir igjen spørsmålet, hvorfor ler man for eksempel av at man ikke tok spilletimer.

Det kan da umulig være noe å le av?

Hva så med den skadefro latteren? Den er også en av de mindre gode latterne, men blir ikke desto mindre ofte, i likhet med det å bli ledd av, anvendt som våpen.

For meg står det stor respekt av de "kunstnere" som får oss til å le, for at det er en kunstart er jeg ikke et øyeblikk i tvil om.

Forklaring

Mitt indre kan aldri forklares med ord-
selv om jeg er stemplet med bena på jord.

Hva ord betyr, hva de uttrykke skal-
må aldri bli låst, eller bli til et kall.

Våre meningers mot skal vi ha og uttrykke-
og kun gjennom det kan vi finne vår lykke.
GM

Meninger

April 2014

Har du ingen mening om noe som helst er du etter min menig ganske fortapt

Nå er det vel slik at de fleste av oss har meninger om det meste, men det å ha meninger er i seg selv heller ikke så mye verdt hvis man ikke kan få gitt uttrykk for dem.

Det å ha meninger og å være i stand til å kunne gi uttrykk for dem hvis man ønsker, er i hvert fall i de demokratier jeg kjenner til, et privilegium det er verdt å kjempe for. Det er en menneskerett som aldri må tas som en selvfølgelighet.

Vi har vel alle sett tragiske eksempler på undertrykket ytringsfrihet.

Ingen debatt fra min side om ytringsfrihet, den burde være en selvfølge i en opplyst verden slik jeg ser det, men er nok dessverre ikke det over alt.

Selv om det med ytringsfriheten er i orden er det derved ikke sagt at fordi om man har en mening om en sak, at man nødvendigvis alltid må gi uttrykk for den, sette ting på spissen å slåss på barrikadene for den samme.

En annen sak er at det å beholde enkelte meninger for seg selv, er et råd jeg vil gi til de som har en tendens til å boble over med dem.

Egentlig tror jeg ikke det finne såkalte normale mennesker som ikke har meninger om noe som helst, alle har nok meninger, det er liksom noe av livets puls.

Derimot er det kanskje lengre mellom de som har såkalt "meningers mot".

Vel, som sagt, man behøver ikke slåss for alle sine meninger, men har man noen såkalte kjepphester, forstått som ting man brenner for, så er det godt å ha "meningers mot". Det vil si at man står for sine meninger og kjemper for dem.

Her må man, som i mange andre sammenheng, imidlertid være oppmerksom på utfordringene som følger med det mange av oss forbinder med fanatiske meninger og holdninger; men det er en annen sak.

Fanatismen lar vi i denne sammenheng ligge, den er uhyggelig nok i seg selv og det har vi sett nok av eksempler på. Den, fanatismen, er dessverre over alt, i alle sosiale, politiske og religiøse fraksjoner og finnes ellers i nesten alle sammenhenger. Det kan heller ikke være tvil om at vi, i uendelige tider eller i hvert fall så lenge det er mennesker som hersker på vår klode, vil stifte ubehagelige bekjentskap med dette ondet, fanatisme.

I de tidlige ungdomsårene er det nok slik at mange ofte er opptatt av å velge det som er riktig, da oppfattet som det de andre mener, av frykt for å bli sett på som en utenforstående. Menneskene er, så vidt jeg vet, å betrakte som "flokkdyr", i denne sammenheng forstått som det å ha like oppfatninger, og det gir trygghet.

Etter hvert som man finne seg mer til rette i tilværelsene og blir mer sikker på seg selv, vil det naturlig nok hos de fleste av oss presse seg frem egne meninger om bestemte ting som skiller seg fra de andres.

Dette mener jeg ofte er relatert til de interesser man har, eller tilegner seg, men er ganske sikkert også et resultat av sosiale og kulturelle påvirkninger.

På mange måter er dette bra, nettopp det at vi ikke alle er like er vel det som er med på å krydre våre respektive tilværelser.

Vi får noe å forholde oss til når vi, eller rettere sagt hvis vi, er i stand til å se våre egne meninger i relasjon til gjeldende generelle normer.

Mange store personligheter har gjennom tidene hatt bastante meninger om nesten alt, noe som både er rimelig og riktig vil jeg tro, selv om det kanskje ikke alltid viste seg at deres meninger var riktige, og det er vel også slik det må være.

For at det ikke skal bli for nært kan vi ta et eksempel som ligger neste to tusen år tilbake i tid.

Den daværende Roma senator Cato den eldre, sies å ha avsluttet alle sine taler i senatet med den i ettertid så berømte setning, her oversatt til norsk; "Før øvrig mener jeg at Kartago bør ødelegges".

Bakgrunnen for dette skal angivelig være at han mente at byens rikdom var en trussel mot Roma.

Vel, vi får håpe at Cato den yngre, hvis han i det hele tatt eksisterte, tok lærdom av dette.

Bastante kollektive meninger, nesten på grensen til det fanatiske, har jeg av egen erfaring basket med uten hell. Det snev av diplomatiske holdninger jeg måtte ha kom umiddelbart til kort, men en meget spesiell erfaring ble det.

Tidspunktet er på slutten av åttitallet og stedet er Cabrera, urbanisasjonen i Syd Spania hvor jeg så vidt hadde kommet i gang med min langsiktige plan om etablering når pensjonsalderen ufravikelig ville inntreffe, hvis jeg ellers kom til å leve så lenge.

Jeg var allerede kommet i meget god kontakt med initiativtageren og utbyggeren av stedet, en meget karismatisk engelsk arkitekt, vel femten år eldre enn meg. Hans navn var Peter Grosscurth.

Urealistiske lover, eller heller manglende oppdaterte sådanne i Spania, var på den tiden så vidt jeg forstod både uklare og tøyelige. Det krevdes stor improvisasjon for å få regnestykket i den sammenheng til å gå opp og det hjalp ikke at tilføyelser og forandringer skjedde kontinuerlig, med eller uten tilbakevirkende kraft.

Nok om det, den samme Peter hadde kontinuerlig utfordringer med de allerede etablerte innbyggerne i urbanisasjonen når det gjaldt hvilke felleskostnader av forskjellig art de måtte være med på å bære, sammen med en rekke praktiske detaljer når det gjaldt selve utbyggingen. Dette innebar i praksis at mange av dem ikke betalte noe som helst.

I formildende omstendigheter for de impliserte skal det nevnes at også språk og kommunikasjonsvanskeligheter, samt forståelse av lovverket, spilte inn.

En dag Peter og jeg satt og snakket om problemet, som for meg syntes helt vanvittig, foreslo jeg at jeg skulle gjøre et objektivt forsøk på å megle i konflikten. Litt erfaring i menneskelige relasjoner mente jeg jo å ha etter ti talls år som leder av en rimelig stor familiebedrift.

Dagen opprant da jeg hadde sammenkalt tretti førti av den protesterende klan til informasjonsmøte. Det var ordnet med litt både å spise og drikke, så stemningen var god helt fra starten. Peter var selvfølgelig ikke til stede, så det var bare meg og alle de andre.

Jeg hadde forberedt meg godt syntes jeg og hadde satt det hele på papiret for at intet skulle bli overlatt til tilfeldighetene.

Alle lyttet oppmerksomt uten noen form for avbrytelser og jeg følte at jeg hadde et rimelig godt grep på situasjonen.

Kan tenke meg at mitt innlegg varte i rundt ti minutter hvoretter jeg inviterte til en diskusjon rundt argumentene. Spredte spørsmål for forståelsens skyld ble stilt og besvart før jeg oppfordret alle til og respektere de lover som henviste til at alle måtte være med å dekke felleskostnader for at de respektives investeringer skulle sikres fremtidig verdi.

Etter et kort tidsforløp hvor man i grupper hadde fortsatt diskusjonen, kommer en av dem bort til meg og sier noe sånt som.

"George, jeg snakker på vegne av oss alle. Vi er stort sett enige i din argumentasjon og er for øvrig enige om at du har talt vel for saken, men du kan hilse Peter å si at vi ikke kommer til å betale noe som helst før vi lovmessig blir truet til det".

Hverken før eller senere har jeg hørt om maken til felles mening om en sak fra så mange forskjellige typer mennesker.

Det jeg imidlertid ikke visste da, men som jeg senere fikk klart for meg, var at disse som for det meste var engelskmenn, tidligere hadde vært stasjonert i forskjellig land rundt i verden og nå hadde slått seg ned her som pensjonister.

Ettersom prisene i Spania allerede på det tidspunkt hadde gjort noen ganske store sprang oppover, hadde deres økonomiske situasjon nådd bristepunktet. Med andre ord skortet det innerst inne kanskje ikke så mye på viljen, men mer på mulighetene og da er det jo viktig og opprettholde prestisjen.

Det endte da også etter hvert med at stadig flere boliger skiftet eiere og hva som skjedde med den hårde kjerne etter hvert vet jeg ikke, men håper i hvert fall at de gjenlevende hvis det fremdeler er noen av dem i live etter rundt tjuefem år, greier seg bra.

Regelverket kom etter hvert på plass, urbanisasjonen ble fullt legalisert og i dag er det hverken misforståtte lover eller myndighetenes ansvar at man fremdeles kives, men det gjør man.

Menneskenes divergerende meninger med bakgrunn i deres forskjellige syn på nesten alt, er nok når alt kommer til alt årsaken til at man stadig har store utfordringer i denne lille oasen. Fraksjoner dannes og motsetninger testes.

Og for deg som tror at dette er et særsyn, altså det med divergerende meninger, er det bare å ta en lit dypere titt, med det for øye å se om ikke også din mening er at dette gjenspeiler seg over alt.

Kompromiss
Mars 2013

Alle, vil jeg tro, har en ganske klar oppfatning av hva ordet kompromiss betyr. Det å gå på kompromiss er i det daglige helt vanlig for de fleste av oss. Vi tenker ikke normalt på det og føler heller ikke vanligvis at det ligger noe offer i det å gå på kompromiss.

Jeg gir litt her, den andre part gir litt der og så møtes man som et kompromiss etter å ha gitt sånn nogen lunde likt, uten at noen av partene har fått det helt som de vil.

Har man vært ute og reist litt rundt, har man i mange sammenheng støtt på steder hvor all handel er basert på pruting. Selger starter med skyhøye priser, hvor det er meningen at denne skal bringes ned til et nivå som begge parter synes fornøyd med. Dette er også en form for kompromiss, men etter min mening en skakkjørt sådan. Her er det ikke lik fordeling av det å gi. Selger har lagt sin ytelse, prisavslaget, inn som en kalkulert faktor. Han vet hvor grensen går, med andre ord når den laveste pris kan aksepteres, stadig med en fornuftig fortjeneste. Kjøper på sin side prøver seg frem og handler hvis han eller hun mener at prisen er aksepterbar.

Er det meg som går feil her? Jeg er langt fra begeistret for denne fremgangsmåten, uansett hvilke kulturer som praktiserer den.

Skal jeg gå på kompromiss så er den kanskje ikke er så gal allikevel?

Er det bare fordi jeg generelt ikke er spesielt begeistret for denne fremgangsmåten at jeg ikke liker den?

Mange synes sikkert at dette er den helt riktige form for handel, her kan man argumentere og forhandle, altså selv påvirke utfallet av handelen.

Dette er i hvert fall det man tror, men vi litt klokere vet jo at den, altså prisen, er avgjort på forhånd, det er selgeren som bestemmer. De som har min innstilling betaler som regel alt for mye, selvfølgelig til stor glede for selger.

Med andre ord, man bør holde seg borte fra denne form for handel hvis man ikke føler seg dus med evnen til å prute. Noen elsker det, er helt på topp når de kan boltre seg i denne verden og god er det for dem.

Nå, tilbake til kompromisset, det som er resultatet av forhandlinger der ingen av partene får det 100 % som de vil, men allikevel er fornøyde.

Jeg nevnte at det vanligvis ikke ligger noe offer i denne formen for kompromiss, og står på det, men la oss da ta for oss den form for kompromiss hvor fordelingen av ytelser ikke på noen måte er lik, der hvor den ene part føler at vedkommende gir langt mer enn den andre, men at vedkommende allikevel går med på det.

Dette kan over tid bli slitsomt. At det skjer en gang i mellom er ikke til å unngå, og det slår begge veier, men når vektskålen stadig går den ene veien kan det bli vanskelig.

I politikken kan man vel nærmest slå fast at kompromiss er en obligatorisk faktor, jeg tenker her selvfølgelig på den politikk som vanligvis føres i demokratier og selvfølgelig ikke på den som praktiseres i diktatoriske stater.

Tenk så enkelt, der slipper man helt å tenke på kompromiss.

Jeg skal ikke her gi meg inn på politikk som sådan, men tenk om man hadde oppfunnet det opplyste eneveldet. Det eneveldet som bare fungerte helt som det skulle, hvor sosiale hensyn ble verdsatt på rettferdig måte, hvor menneskerettigheter ble fulgt etter de beste normer og hvor et perfekt virkende helsevesen kom alle i samfunnet til gode.

Heldigvis tror jeg heller ikke på den modellen, men det hadde da vært helt ideelt, hadde det ikke?

Ellers har jeg alltid synes modellen som tillits-politikk innebærer, har mye for seg. Min onkel, Sjur Lindebrække, som var formann i høyre fra 1962 til 1970 skrev blant annet boken "Tro og tillit" som jeg mener mange kunne ha glede av å lese. Den er ikke særlig tykk, kanskje nettopp fordi emnet ikke fanger så vidt når alt kommer til alt. Er vel egentlig på mine mer modne dager kommet til at denne modellen heller ikke i praksis er lett å gjennomføre.

Her må det være snakk om alt for mange kompromisser og vi mennesker er dessverre langt fra ideelle.

Koalisjoner i politikken er i aller høyeste grad et spørsmål om kompromisser. Det kommer som regel sjelden handlekraftige regjeringer ut av slike sammenslåinger.

Etter min mening er dette en dårlig anvendelse av kompromisser.

Mitt opprinnelige navn før jeg på min 18 årsdag av min stefar Max ble tildelt etternavnet Manus, var George Hans Bernardes. George etter min engelske far og Hans fordi min norske mor insisterte på det skulle være noe norsk i navnet. Hans er ikke bare et kongsnavn som George, men også et familienavn fra Ulvik i Hardanger.

Her var det antagelig snakk om en form for kompromiss, jeg fikk navnet Manus men ble aldri adoptert.

Nok om det, hvorfor jeg går ned i disse detaljene er for å komme med en erkjennelse. Først; min fars aner stammer visstnok fra den Spanske Armada. Via Scotland under navnet Bernardi, dukker det i London på 1800 tallet opp forfedre med navnet Bernardes.

Jeg har ikke selv gjort slekts undersøkelser på dette, men mine søstre på farssiden har fortalt meg at Artur da Silva Bernardes, President i Brasil fra 1922 til 1926, er i direkte slekt og at bildet av min far er utrolig lik den samme. Ja, ja, man behøver selvfølgelig ikke titte nærmere på hva slags politikk hans parti førte, men den passer nok dårlig inn i vår såkalt moderne verden.

Der i gården var det så vidt jeg forstår bestemt ikke snakk om å gå på kompromiss.

Den kvinnelige argentinske president Kirchner tok forleden dag direkte kontakt med den nyvalgte pave Francisco, som vi vet også er argentinsk og anmodet ham om støtte i debatten om Maldivene, eller som vi normalt kaller dem, Falklandsøyene. Så vidt jeg har forstått avviste paven klart å blande seg inn i striden, og godt er det.

Ikke det at det har noen betydning for verdensutviklingen, men jeg har stor sympati for den nye pavens væremåte og det jeg har forstått av hans idealer.

Dette forteller vel mer enn noe om hva slags menneske fru Kirscher er, og som man sikkert forstår har jeg ikke mye respekt for henne.

Takket være pavens holdning ble det heldigvis ikke snakk om noe kompromiss.

I et samliv er det ikke fritt for at det til tider må inngås kompromiss. Dette er helt greit så lenge begge parter er i balanse når det gjelder ytelser.

Blir det over tid snakk om en ensidig forskyvning av balanseforholdet i denne sammenheng blir det imidlertid vanskelig å holde skuta flytende.

Det er godt med kompromisser, men sørg for at balansen er i orden.

Menneskets utvikling
2014 april

Det er vel ikke den ting som ikke dreier seg om utvikling. Enten det gjelder oss selv eller andre, vi er stadig i utvikling. Hva er årsaken til at vi utvikler oss i forskjellig retning, hvis det er det vi gjør og hvorfor skjer det?

Uten utvikling er det ingen fremtid. Mange påstår at utviklingen går for fort og på mange måter kan jeg forstå det.

Hadde et helt annet syn på det i ungdommen selvfølgelig, da kunne utviklingen ikke gå fort nok. Det dreide seg hele tiden om å nå noe, enten aldersmessig med forskjellige milepæler med innlagte rettigheter, eller å nå målsettinger som ledd i ens egen utvikling.

Med syttifem års fartstid ser jeg, kanskje naturlig nok, litt annerledes på det i dag.

Det er nå lett å falle for fristelsen til å hevde at utviklingen har gått og går for fort. Mange har hatt store problemer med å følge med og klare omstillingen til de stadig skiftende realiteter.

Jeg synes det er fint at vi har fraksjoner i samfunnet som protesterer på ditt og datt. Det er bra hvis det bare ikke blir fanatisk.

Vi trenger en gang i mellom å få en påminnelse om at vi alle har et ansvar for det som skjer og at vi ofte, i noen grad i hvert fall, i det daglige kan ta vårt ansvar til følge med handling.

Når vi i disse tider får høre om de konsekvenser som vil følge av det de såkalte ekspertene ser som uunngåelig, nemlig den globale oppvarming, tyr jeg ofte til eksempelet om Themsen, elven som splitter London i to.

For godt hundre år siden var elven totalt død. Ikke en eneste fiskeart kunne leve i det forurensede vannet. Forurensingen var klart kommet fra menneskene selv og det ble også de som endelig tok seg sammen og gjorde noe med det.

Elven er for lengst tilbake til "normalen" med alle fiskeartene på plass og alle, eller i hvert fall de fleste, ser ut til å være fornøyde med resultatet.

Ikke på noen måte sagt at problemet er like enkelt med den globale oppvarming, men er det slik at den beviselig har skjedd som årsak av menneskelig påvirkning, så er jeg av den tro at vi på et tidspunkt også takler den utfordringen.

På hvilken måte vet vel ingen og kanskje følgende danske ordtak ikke passer helt i denne sammenheng, men allikevel; "nød lærer nøgen kvinde at spinde".

Jeg føler meg overbevist om at jeg ikke er alene om mitt skiftende syn på utviklingen, vel å merke den utviklingen som har med mennesker å gjøre og det er den, som overskriften tilsier, jeg holder meg til i denne refleksjonen.

Den form for utvikling som går på mennesket og menneskets evne til å tilpasse seg, festet jeg meg spesielt ved etter at jeg i 1983 første gang kom til det stedet som senere ble basis for min pensjons-tilværelse.

Vi sognet den gang til den lille landsbyen Turre i den østlige del av Andalucia i Syd Spania.

Turre er, selv i dag, tretti år etter at jeg første gang satte min fot der, tydeligvis relativt betydningsløs, ettersom en kvikk titt på skjermen ikke forteller noe av betydning. Det har heller ingen spesiell mening for dette eksempelet på utvikling.

Første gang jeg kjørte gjennom hovedgaten, som riktignok var asfaltert, var det lite som bar preg av at den "moderne" tid var i anmarsj. Det som var av forretninger og barer presenterte seg stort sett bare som hull i de hvite veggene.

Gatelyset hadde enda ikke kommet dit og når man så kvinner ute var det nesten alltid før mørkets frembrudd og da var de som alltid ellers kledd i sort.

Døtre, som også konsekvent var kledd i sort, var solid forankret til mors armkrok mens guttene nok allerede hadde litt friere tøyler, men ikke mye.

Nødvendig informasjon til befolkningen, som den gang bestod av over halvparten sigøynere, skjedde over høyttalere plassert på strategiske punkter rundt i landsbyen. Analfabetismen var stor blant den voksne del av innbyggerne og alt det lovmessig haltet av sted på to og fire.

Utvilsomt meget sjarmerende, men det jeg vil frem til er at bare noen få år senere, etter hvert som stadig flere utlendinger som meg selv fant veien til solen i det sydlige Europa, skjedde en radikal omveltning hos de fastboende.

I hundrevis av år hadde det meste i deres tilværelse nærmest stått stille. Selv på det tidspunkt jeg ankom, så man ofte eselet brukt som transportmiddel for å frakte frukt og grønnsaker til markedet.

Fast eiendom som tidligere var verdt så godt som ingenting for andre enn dem som dyrket noe der, ble over meget kort tid forvandlet til gullgruver. Forvandlingen over ti år var som fra natt til dag. Ungdom i moderne farge-sprakende klær gikk på diskotek, det var ikke lenger snakk om å holde seg hjemme etter solnedgang. Det være seg både jenter og gutter. De suste rundt på scootere og selv mødrene gjennomgikk en forvandling fra den trygge sorte, til den mer fargeglade bekledning. Jeg går ikke god for at det er riktig, men det ble alltid referert til at man på den tid kunne kjøpe sertifikat eller det vi kaller førerkort for bil. Både kvinner og menn som knapt nok tidligere hadde vært de ti kilometerne ned til Middelhavet, kjørte i stadig større antall i store dyre firehjulsdrevne biler.

Den mannlige del av befolkningen fortsatte nok mer som de alltid hadde gjort i det daglige, men den økonomiske "frigjøringen" førte snart til at flere barer og butikker åpenbarte seg.

Jeg må skynde meg å tilføye at ikke alle var landeiere, eller hadde land som det var aktuelt for utlendinger å kjøpe, men de ble på en måte også dradd med i strømmen av sosiale endringer som trådde i kraft, og av det faktum at nye arbeidsplasser ble skapt i store mengder innen byggesektoren med tilhørende underleverandører, samtidig med at en rekke nye serviceyrker så dagens lys.

Byggingen skjøt fart og banker og forretninger åpnet i stadig større antall.

Dette skjedde helt frem til den virkelig store utfordringen i begynnelsen av nittiårene. Da kom smellet i form av en bråstans i utviklingen.

Internasjonal økonomisk krise med påfølgende stans i nær sagt hele mas-kineriet. Man fikk meget raskt føle det vi i Norge blant annet har følgende uttrykk for; "etter den søte kløe kommer den sure svie".

Hvorfor så denne lille historien? Jo, fordi vi her har vært vitne til en så radikal utvikling over så få år, at jeg tør påstå at "sjelene" har hatt problemer med å følge med.

Omveltningen kom for brått, pengene kom for lett. Det som i hvert fall hos oss i Norge tok nærmere femti år å få til å henge sammen, hvis man i det hele tatt kan si at det henger sammen, skjedde her på mindre enn en femtedel av tiden og dette må ha satt sitt preg på menneskene.

I denne sammenheng må man heller ikke glemme at diktator Francisco Franco satte sitt meget bestemte preg på dette samfunnet fra 1939 og frem til han overlot styret til sønnen av Don Juan de Borbon, Conde de Barcelona, den nåværende kong Juan Carlos i 1975.

Om disse omveltningene har gjort noen varige skader på befolkningen vet jeg selvfølgelig ikke, men jeg tror nok at det i noen grad har satt sitt preg på mentaliteten.

Nå er det også noe med at; "tiden leger de fleste sår", så vi får vente og se, men sikkert er det at den siste store krisen vil bli følt og husket i lang tider fremover.

Tillit

Å snekre et fjell på en kveld er tull-
Å bygge en bro, kan gi sjelen ro.
Det spennet som strekkes er ikke av stål-
men det binner sammen, gi bare tål.
GM

Munnen
Juni 2012

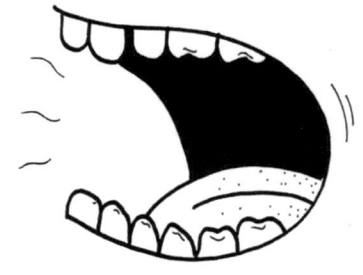

"Min munn er lukket med syv segl". Benyttes gjerne som et uttrykk for å skjule informasjoner som man for all del vil holde for seg selv og klart ikke dele med andre. I motsetning til for eksempel øynene, er det enkelt og holde munnen lukket. Bortsett fra når man sover eller mediterer er det ikke lett å holde øynene lukket i lengre tid.

Man blir da på en måte stående utenfor.

Langt enklere er det med lukket munn å observere, arkivere og dvele ved omgivelsene.

Ørene kan man heller ikke lukke selv om man gjerne til tider ville ønske at man kunne det.

Videre er det også normalt to av både øyne og ører og det ville antagelig bli for vanskelig om begge to, eller for den saks skyld alle fire skulle kunne lukkes samtidig.

Nå er det jo ikke slik at det normalt er en lukket munn man vil feste seg ved, rent bortsett fra den spenningen man synes å huske at man følte, eller kanskje enda, alder tatt i betraktning, er i stand til å oppleve, ved tanken om et kyss. Den spenningen kunne gjerne innfinne seg, selv om motpartens munn i hvert fall i utgangspunktet var lukket.

Hvis man ser bort fra ens egen uvilje til å snakke eller avgi informasjoner man sitter inne med, er det vel antagelig bare gjennom tortur man kan "overtales".

Nei, normalt er det munnen og dens utrolige samarbeid med stemmen man fascineres av. Jeg tenker ikke her på hvilket budskap hjernen, enten planlagt eller spontan har bestemt skal uttrykkes, men på den trolldom samarbeidet mellom hjernen, stemmen og munnen egentlig representerer.

Resultatet ville ikke kunne materialisere seg uten munnen.

Tenk så på hvor utrolig fleksibel den er.

Gjespen danner nok ikke den vakreste presentasjonen, men en naturlig latter kan være både inspirerende og smittende og ikke minst presenterer en god latter munnen på sitt beste.

Vi glemmer i denne sammenheng smilet, da det jo velfortjent er omhandlet i en egen refleksjon.

Når jeg nå tenker på munnen og sammenhengen mellom alle disse praktfulle sansene, slår det meg hvor utrolig finstemt det hele er. Jeg synes jeg fikk med en god del i refleksjonen om stemmen i, men oppdager nå i ettertid at jeg helt uteglemte nesens betydning når det gjelder stemmen. Bare prøv, hold deg for nesen og fremfør følgende setning høyt:

"Dette ble vist noe ordentlig rot". Noe med det nasale som er en nødvendig del av stemmen. Vel, så forstår vi klarere nesens betydning midt i det hele.

Refleksjonen om stemmen ble skrevet i august 1995, mens denne om munnen er kommet til 17 år senere. Har jeg lært noe mer om disse sansene siden den gang, noe av betydning?

Mener bestemt det uten å kunne utdype det nærmere.

Kan bare nevne at ettersom årene akkumulerer seg, har jeg nok blitt mer tilbakeholdende når det gjelder bastante menings-uttrykk, i et hvert fall utenfor mine nærmeste omgivelser, men igjen, det har jo svært lite med selve stemmen å gjøre.

Uansett, jeg er jo selvfølgelig blitt mye klokere siden den gang.

Er for øvrig, som de fleste på morssiden født med en munn med små lepper, noe som allikevel ikke har hindret meg fra, til tider, å ha vært alt for "stor i kjeften".

Valg

Man har alltid et valg- ikke noe odiøst i dette.
Men visse normer må man sette for seg selv.
GM

Nakken

April 3013

Det er helt naturlig at vi har en nakke, for hvor skulle ellers hodet være plassert hvis ikke på toppen av nakken?

Riktignok hører man av og til beskrivelser som at noen har hodet plassert mellom skuldrene. Jeg kan ikke huske å ha hørt den beskrivelsen, men vi har antagelig alle sett enkelte som i fortvilelse trekker skuldrene opp slik at det ser ut som om hodet sitter mellom skuldrene og ikke på toppen av nakken.

Dette skjer bare over meget korte tidsrom så heller ikke her kan vi snakke om noe utenom det normale.

At noen har det man kan karakterisere som tyrenakke har ikke noe å gjøre med at man ikke har nakke, men kun med det faktum at nakken stort sett går i ett med hodets bredde ned mot skuldrene, slik som hos de riktig staselige oksene.

De som har stiftet bekjentskap med sporten rugby forstår hva jeg mener. De fleste utøvere av den sporten har den ovenfor beskrevne karakteristikk og ellers vanligvis struttende muskler i alle retninger, så alt ser proporsjonalt ut.

Ifølge enkelte er det noen som har hodet under armen, men det er nok bare et uttrykk. Hodet er plassert der det er, derved basta.

Det at noe får betegnelsen "hodeløs" må selvfølgelig heller ikke tas bokstavelig, Vi er alle utstyrt med et hode og det er normalt fysisk plassert der det skal.

Hvorfor hodet danner det høyeste punkt hos oss mennesker, står vel også egentlig klart for de fleste. Det er selvfølgelig der utsikten, eller kanskje mer riktig, oversikten er best, og det er jo viktig i alle sammenhenger.

Årsaken til at det er riktig, altså det med utsikten og oversikten, er at både øynene og de andre vitale sanse-remediene er plassert i hodet.

Alt henger med andre ord på greip.

Dette med en stolt nakke er noe jeg har stusset ved. Er det den hvor man gjør et lite kast på nakken og som vanligvis utføres av den kvinnelige del av befolkningen. Hvis det er tilfelle viser det visstnok, ved siden av stolthet, noe med å opptre hovmodig og å vise forakt. Ja, ja, jeg velger nå også å se det som et uttrykk for usikkerhet.

Man behøver tydeligvis ikke å ha noen spesiell form for nakke for å bli utsatt for nakkesleng, eller oftere uttrykt på engelsk som whiplash. Ifølge forsikringsselskapene er det utrolig hvor lett denne, så vidt jeg vet ikke lett synlige tilstand kan oppstå. Ingen må misforstå meg, for dem som rammes kan tilstanden være en smertefull og langvarig utfordring.

Den franske revolusjonen fra 1789 til 1799 huskes av de fleste kanskje mer for bruken av den berømte giljotinen, anvendt ved dødsstraff, enn for de politiske omveltningene.

Denne meget effektive form for å skille hodet fra resten av kroppen på sine arme ofre, kunne faktisk ikke vær oppfunnet hvis det ikke hadde vært for nakken. Uten den ville det vært nær sakt umulig å utføre handlingen. Nakken gjorde at det er lett å plassere offeret i en posisjon hvor fulltreff ikke kunne unngås. Kort prosess med hundre prosent treffsikkerhet, i hvert fall så lenge mekanismene virket tilfredsstillende.

Nåvel, det er nok ikke derfor nakken er plassert der den er.

Vi kan se oppover, nedover og til begge sider ved å bevege nakken, noe som er usedvanlig praktisk, ettersom de fleste av oss ikke har øynene på stilker slik at de kan beveges til å gi de samme synsvinklene.

Også ørene nyter godt av det samme ettersom de sitter ganske fast der de er plassert. De fleste av oss hører best når lyden kommer forfra.

I dyreverdenen er det mange arter som har dobbelt opp, både nakke som kan beveges og i tillegg både øyne og ører som kan styres i alle retninger.

Men nå er det vel slik at i dyreverdenen kommer disse egenskapene svært godt med, for å unngå overraskelser og derved kunne avverge farer i tide.

Det å ta seg selv i nakken er et uttrykk som naturlig nok ikke må tas for bokstavelig. Det ville utvilsomt se litt merkelig ut om man står der med en arm bak i nakken og river og sliter for å tvinge seg selv til å gjøre noe man av forskjellige grunner har utsatt.

Det er viktig av og til å holde seg i nakken, noe som vel betyr at man bør holde tilbake, ikke å gjøre noe der og da, selv om det synes å være en naturlig reaksjon.

Nakkesmerter i sin alminnelighet er svært utbredt og tretten prosent av befolkningen opplever dette sies det. Nakkesmerter er mer utbredt blant kvinner enn blant menn, uvisst av hvilken årsak. Ja, det skal ikke bare være fordeler å være kvinne.

Vi golfere ville jeg tro ligger spesielt høyt på statistikken over nakkeproblemer. Jeg tror det er ytterst få golfere som ikke en eller annen gang har hørt det lille klikket som forteller en at for mye krefter ble lagt i et slag, som i utgangspunktet ikke var etter læreboken. Høres ikke denne forklaringen enkel og grei ut?

Vel, dette lille millisekundet i en sving kan føre til ukers avståelse fra favoritthobbyen og er en av de få skyggesidene ved en golfers liv.

Sladder

Det man sier, som vandrer fra munn til øre-
kan også for noen bli leit å høre.

Så la dine tanker i hodet ditt modne,
før du dem setter i skrift eller tone.
GM

Nicolas konfirmasjons tale

August 2013

Kjære Nicolas.

At du av egen vilje ønsket å konfirmere deg Nicolas, synes jeg var en riktig bra avgjørelse. Loven som påbød konfirmasjon ble lavet i 1736, men den ble opphevet i 1912, så i de siste 101 år har alle kunnet velge fritt.

For to år siden, i konfirmasjons-talen til Oscar, dekket jeg det meste som jeg den gang mente hadde med denne milepælen å gjøre og har derfor vanskeligheter med å finne noen fornyelser.

Uansett, de fleste av oss oppfatter nok konfirmasjonen som overgangen til voksealder og det må være det vesentligste, hvis man ikke da er dypere forankret i det religiøse. Hva du mener om den saken Nicolas kan du bare holde for deg selv.

Uansett, rådet om at et gudsord med på livet vei ikke er så galt, fikk Oscar og det får du også Nicolas.

At ordet konfirmasjon betyr "bestyrke og bekrefte", og hva som ligger i det, har du antageligvis fått full forståelse av i dine forberedelser til denne dag.

Så Nicolas, hva så med overgangen fra barndom til voksealder? At det er det konfirmasjonen symbolsk dreier seg om har du selvfølgelig visst lenge, men det du kanskje ikke har fått helt klart for deg er at overgangen ikke skjer fra en dag til en annen. Det må du både akseptere og forberede deg på.

I forbindelse med det vil jeg gi deg et par ord å ta med deg på veien.

Først veldig enkelt om ordet toleranse.

Det betyr blant annet å tåle, det å holde ut, men ikke i betydningen fysisk styrke. Toleranse er evnen og viljen til å tåle, altså leve med de av andre meninger, holdninger og handlinger som man selv ikke aksepterer. Betydningen av dette ordet kan som sådan være til ettertanke for oss alle.

Så litt om ordet konsekvens. Det kan ses i mange sammenheng, men kortversjonen dreier seg om å ta konsekvenser av sine handlinger.

For meg er det 3 stadier av konsekvens som teller når det gjelder menneskers utvikling og kanskje spesielt i overgangen fra barndom til voksenalder.

Først har vi den ubevisste konsekvens.

Det er den som alle barn helt instinktivt benytter i sin utvikling. Hvor langt kan jeg tøye strikken før den ryker, altså før det får konsekvenser.

Du har opp gjennom årene vært en særdeles flittig bruker av metoden Nicolas og det virker til tider som om du går over streken med en klar oppfatning om at det skal bli spennende å se hva konsekvensene blir denne gangen.

Denne fremgangsmåten benyttes som sagt av alle barn og er både naturlig og sunn, selv om den til tider kan bli en vel stor prøvelse for foreldrene.

Som nummer to har vi den bevisste konsekvens.

Du oppfatter at alle handlinger får konsekvenser i en eller annen form og du lærer å forstå hva konsekvensene av dine handlinger blir; allikevel lar du det ofte stå til. Du lærer sikkert av det, selv om det til tider kan svi, resultere i et blått øye eller det som verre er.

Videre lærer du at konsekvensene ikke alltid er de samme for de samme handlinger, og det kan gi nye og overraskende opplevelser.

Alt dette tar det tid å erfare, noe som igjen kan koste.

Hvis du ikke handler i det hele tatt skulle man tro at du slapp unna, men konsekvensen av det er at du blir hengende etter når det gjelder erfaring, og det kan igjen lett forsinke prosessen.

Sånn mitt på stammen må være mitt råd i denne sammenheng.

Det er dette stadiet du befinner deg på i dag Nicolas

Den tredje på listen er den styrende konsekvens.

Det er den hvor du før handling nøye avveier konsekvensene. Handlingene skjer nå ikke uten at du har en ganske klar oppfatning av hva konsekvensene blir.

Når du når så langt vurderer du, før du går til handling, om den er verdt konsekvensene.

Først da er du på god vei videre i livet.

Som du forstår Nicolas, selv om denne kortversjonen av konsekvenser sikkert allikevel virket komplisert nok, så er det snakk om en glidende overgang og det er deg selv som hele tiden bestemmer hvor lenge denne overgangen skal vare. Du bestemmer selv ved din daglige opptreden og holdning hvordan og når de forskjellige faser i overgangen til voksenalderen skal nås.

For noen varer overgangstiden mellom barneår og voksenalder i lang tid, mens for andre går den fortere.

Det viktigste er at overgangen blir riktigst mulig, ikke at den blir kortest mulig.

Enten du liker det eller ikke Nicolas, så er det mamma og pappa som er dommere over din utvikling i denne perioden. Naturligvis er du ikke enig i mange av deres avgjørelser, men det bør du lære deg å leve med.

Alle avgjørelser de tar på dine vegne tar de med kjærlighet og med bare en tanke i hodet, nemlig at det skal være til det beste for deg.

Mange ganger er det vanskelig å svelge at det er slik, men etter hvert vil du få større forståelse og forhåpentligvis også større toleranse.

Det er blant annet dette som kjennetegner at du glir inn i voksenalderen.

Glem ikke at du også har gode støttespillere i dine faddere.

Ellers kan du være stolt av å ha en storebror som Oscar uten at jeg skal gå nærmer inn på det. Glem aldri at blod er tykkere enn vann.

Om du ikke ser det klart enda, så vil du en dag forstå at det er gjennom utfordringer man lærer og vokser, ikke så mye når man surfer i medvind.

Selv om du har kommet lett til mye, har du allerede møtt dine utfordringer og så langt ser det ut til at du takler disse på en fin måte.

Det er ingen grenser for hva du kan få til Nicolas. Fokuser på det du vil oppnå og tenk deg som et eksempel at du har oppnådd noe du har kjempet for. Kjenn på følelsen og spør deg selv om resultatet ble slik du tenkte deg. Er du ikke fornøyd er det ingen skam å snu eller prøve en annen retning.

Oppskriften på et lykkelig liv kan ingen gi deg, det er igjen deg selv det kommer an på.

I den sammenheng kan du aldri skylde på andre.

Vær nysgjerrig på livet, vær nysgjerrig på alt, still spørsmål, vær aktiv å la ikke bare verden passere revy uten engasjement.

Grip mulighetene når de er der, bruk men ikke misbruk.

Vær åpen, husk det kommer intet inn i en lukket hånd og at hovmod står for fall.

Smil selv om det ikke alltid er like lett. Vær høflig og oppmerksom og ikke glem betydningen av å være en god lytter.

Lær deg språk og bruk dem til å få innsikt i andre kulturer.

Oppfør deg mot andre som du forventer at de skal oppføre seg mot deg. Vær deg ditt ansvar bevisst i alle situasjoner, men samtidig, ikke glem at du selv har et liv å leve.

Med disse rådene som noen av dine leveregler, skulle du være godt rustet Nicolas, til å møte den verden som ligger åpen for dine føtter.

Granni og jeg er veldig glad i deg og jeg er stolt av også å være din Bappi.

En skål fra oss alle med de beste ønsker til deg Nicolas.

Oslo 07.08.2013

Kjære Gud gi oss en sjanse

Gi oss en sjanse, så gjerne vi vil-
Gi oss en sjanse, så vi ikke går vill-
Gi oss en sjanse.
Gi oss en sjanse, du sier oss til-
Gi oss en sjanse, vi vet hva vi vil-
Gi oss en sjanse, så er du snill-
Gi oss en sjanse, så får vi det til-
Gi oss en sjanse.
GM

Neglisjering?
Mars 2013

Dette blir nok mer som en rapport om en hendelse, en hendelse som for meg har vært noe av det mest utfordrende jeg har vært gjennom. Navn og underliggende dokumentasjon har ingen interesse i denne sammenheng, den komplette rapporten med underliggende dokumentasjon vil senere, hvis jeg bestemmer meg for å gjøre det, bli presentert for de rette instanser i Norge.

Jeg understreker med en gang at jeg ikke har noen som helst forutsetninger til å bedømme legers kvalifikasjoner, så i den grad jeg stiller meg spørsmål om dette emnet blir det bare rene skjønn.

Jeg går noen år tilbake i tid og starter med å gjøre oppmerksom på at jeg som gift pensjonist nå bor i Syd Spania. Min kone er fra Sveits og har bodd her nede i rundt førti år.

Hun snakker og skriver spansk perfekt og jeg kan blant annet takke henne for at tingene ser ut til å ha endt godt. Ingen av legene jeg hadde kontakt med på sykehuset her nede snakket engelsk og ettersom min spansk er ganske rusten, foregikk det meste av kommunikasjonen via henne.

Jeg har stort sett i hele mitt voksne liv gått til årlig legeundersøkelse og har heldigvis stort sett hatt en god helse.

Rent bortsett fra piller for høyt blodtrykk og nedsatt hørsel på det høyre øret, regner jeg meg selv som værende i rimelig fin form for alderen, nå nær syttifire. Innser å være kommet i reparasjons-alderen, med det forstått at man føler at langt fra alt er som det var før i tiden og at man vel underbevisst er forberedt på at helsemessige ting vil kunne dukke opp.

Jeg ble medlem av Adeslas, en spansk privat helseforsikring i 2007. Dette skjedde fordi min kone i alle år har vært medlem av en tilsvarende ordning, og at vi allerede den gang klart så at det kunne bli ugreit å høre hjemme i forskjellig ordninger, med andre ord, jeg i det offentlige og hun i det private helsevesen. Forskjellig leger og sykehus ville lett kunne skape utfordringer.

La det være sagt med en gang, jeg har kun hørt alt godt om det spanske helsevesen i sin alminnelighet, det være seg så vel det offentlige som det private.

Fordi jeg fremdeles besøker Norge noen ganger i året har jeg til tross for medlemskapet i Adeslas tatt min årlige sjekk i Oslo ved et, så vidt jeg forstår, anerkjent legesenter.

Dette har pågått i flere år.

Time bestilles mer eller mindre til samme tid hvert år, undersøkelse foretas og resultatene innhentes ved telefon til sykesøster vel en uke sener.

De senere år har jeg fått beskjed om at man må holde prostataen under oppsikt.

Jeg ba tidlig om at man skulle ta ekstra prøver i den sammenheng hvis det var mulig, da jeg har flere venner som har hatt ubehageligheter og operasjoner i den forbindelsen.

Her må det tilføyes at jeg i alle år siden min eldste datter døde av kreft i 1990, har hatt utfordringer med legebesøk generelt. Nervene kommer på høykant når blodtrykket skal måles.

Siste legesjekk ble foretatt i august i fjord, altså i 2012. Som vanlig ringte jeg for å høre resultatet vel en uke etter. Sykesøster sier at alt er bra men at det stadig må holdes øye med prostataen.

Husker ikke hvorfor, men jeg ba henne sende resultatene i posten.

Konvolutten ankom og ble arkivert av min kone. Jeg har aldri sett på disse og har heller ingen anelse om de forskjellige verdier og hva de skal være.

Alt vel, så er det bare å vente til neste gang.

Den 22nde november 2012 kommer det et brev fra den norske legen, som referer til at han hadde ventet på en telefon.

Jeg hadde jo som vanlig ringt og fått resultatene fra sykesøster og hadde derfor ikke insistert på å få snakke med legen selv. Hun hadde jo også informert om at alt var i orden, bortsett fra at man måtte holde prostataen under oppsikt.

I brevet, som også inneholder de siste fire års prøver ber han meg komme innom i de nærmeste månedene så vi får kontrollert og fulgt opp dette med prostataen.

Han viser til en stigning av PSA (prostataprøve).

Istedenfor å legge planer om en norgestur i januar – februar bestemmer vi oss, mest på min kones initiativ, for å oppsøke lege her nede.

Det blir bestilt time hos den første urolog i Adeslas bok til den 13nde desember. Den kvinnelige legen arbeider på sykehuset Virgin del Mar i Almeria, en snau times kjøring hjemmefra.

Vi medbringer de siste 4 års prøveresultater 2009 – 2012, som hun raskt gjennomgår.

Etter at hun rister på hodet flere ganger sier hun at hvis jeg hadde vært hennes pasient skulle jeg vært innkalt minst to år tidligere.

Vi blir sendt til Adeslas kontor i Almeria for å få en autorisasjon til en biopsi, returnerer til det samme sykehus og får omgående avtale med en annen mannlig lege som skal ta prøven. Han viser seg å være kirurg, og den som eventuelt ville operere hvis prøvene skulle vise at det ville være nødvendig.

Alle prøver ble gjort i rask rekkefølge takket være denne legens handlinger, og to dager senere, den 15de desember ble biopsien gjort av ham selv. Jeg har ham mistenkt for allerede da å ha forstått at det hastet, uten at han direkte sa det.

Natten før ble tilbrakt på hotell i Almeria da biopsien skulle foretas tidlig på morgenen.

Vi ble innkalt til nytt møte med legen først den 17nde januar, da det på grunn av julen hadde tatt lenger tid en vanlig å få resultatene fra biopsien.

Den meget sympatiske legen forklarte at det var konstatert tumor i prostataen og at det var snakk om operasjon så snart det var mulig.

Han forklarte at operasjonen var en kategori 6, men at han mente det ville gå bra.

Det ble klargjort for operasjon, tatt skjermbilde av lunger og blodanalyse, samt neste dag den 18nde januar, kardiogram.

Den 24nde januar leverte vi alle prøvene til den samme legen, som kunne konstatere at prøvene var i orden og at jeg var klar for operasjon.

Den 29nde januar ringer legen selv med beskjed om at operasjonen skal skje fredag den 8nde februar. Det var noe med at en anestesilege selv var blitt syk og måtte opereres, som hadde gjort forsinkelsen.

Den 7nde februar bærer det igjen til Adeslas i Almeria for å få en autorisasjon til selve operasjonen.

Overnatter på Grand Hotel og er på plass på sykehuset kl. 08.00 neste dag.

Operasjonen skjer kl. 09.30. Denne varer i tre timer og vi får senere vite av legen at tumoren var større enn man først hadde antatt, men at operasjonen hadde gått bra.

Våknet på operasjonsstuen og ble trillet inn på overvåkingen. Først etter en tid fikk jeg besøk av min kone som selvfølgelig var lettet etter å ha snakket med legen og fått vite at operasjonen var vellykket.

Typen operasjon heter på Spansk: "Prostatectomia radical ampliada. Linfadenectomia Vreterocele".

Rundt klokken 20.00 ble jeg forflyttet vil værelse hvor min kone ventet.

Utstyrt med kateter og drypp av forskjellige arter tilbrakte vi de neste 5 dagene, med supert stell og besøk av den samme legen hver dag, på dette rommet. Han var meget fornøyd med utviklingen, så den 13nde kunne vi forlate sykehuset.

Tiden fra den 13nde og frem til neste besøk hos legen den 21nde ble stort sett tilbrakt i sengen med omsorgsfullt stell av min kone.

Legebesøket skjedde som nevnt den 21nde og etter avtale klokken 14.00. Resultatet fra operasjonen forelå og vi forstod at det var med et nødskrik det hadde gått bra. Det var noe med at resultatet var på tretallet og hadde det vært kommet til fire kunne det ha gått virkelig ille.

De 23 stingene ble fjernet og så bar det hjem igjen.

Nok en gang til sykehuset den 4de mars. Denne gang ble kateteret fjernet på operasjonsstuen, stadig av den samme legen, og overgangen til en noenlunde normal tilværelse kunne begynne.

Etter noen dager ringte legen, spurte hvordan det gikk og ba oss lage en timeavtale med ham etter påske for en ultralyd.

Avtale ble inngått til den 4de april kl. 20.10.

Vi ankommer i god tid og blir innkalt allerede kl. 20.00. Etter to minutter konstaterer han at alt er i orden. Hyggelig snakk og bekreftelse på at jeg er klarert følger, med beskjed om å komme tilbake i juni for å sjekke PSA verdien. Fantastisk personlig oppfølging fra start til slutt.

Den 14. juni ble ny blodprøve tatt. Resultatet ble hentet den 18, hvoretter det samme dag ble møte med legen. Han konstaterte at PSA verdien nå var nede på 0,030 ng/ml og at han ikke regnet med at det ville skje forandringer i negativ retning. Neste sjekk skal skje i desember, altså om seks måneder.

Når man vet hva man har vært gjennom av tanker i denne perioder uvitende om utfallet og prisgitt utenforstående, er det ikke fritt for at man blir skremt.

Er reglene forskjellige mellom landene eller er det her snakk om at det ikke er nok bare med kvalifikasjoner?

Det blir spennende å høre hva man i Norge sier om saken, om det her er snakk om at man følger andre varsellamper, om det dreier seg om en leges neglisjering, eller om det er et spørsmål om manglende dømmekraft?

Vilje

Jeg kan bygge en bro, kun styrt av min tro-
jeg kan alt jeg vil gjøre, bare sett meg på prøve.

Han er gal, bare hør- det meste er rør-
er han stor i kjeften, har han mistet teften?
GM

Nesen

September 2012

Jeg kan egentlig ikke forstå hvorfor jeg har ventet så lenge med refleksjonen om nesen, den er jo så karakteristisk hos de fleste av oss, der den normalt befinner seg mitt i ansiktet.

Det er kun en av den, mens den allikevel har to kanaler. Hvorfor har vi mennesker så ikke to neser, som tilfellet er når det gjelder for eksempel øynene.

Selvfølgelig, det står helt klart for meg, det er vel ikke noe som tilsier at man har behov for dybdevirkning når det gjelder lukt, så da trenger man nødvendigvis bare en.

Er det så enkelt? Antagelig ikke, men hvorfor har man to kanaler, hadde det ikke vært nok med en?

Antagelig er det greit med to, slik at man normalt i hvert fall, har en åpen til å puste med når den andre av ulike årsaker er tett.

Nei, nesen er nok plassert der den er for at man skal ha noe å holde brillene på plass med.

Hvordan ville brillene sett ut hvis man hadde to neser, eller hvis den for eksempel var plassert i pannen?

Det ser i hvert fall for meg helt naturlig ut at brillen hviler på nesen og at ørene er støttespillere. Kanskje er det en av årsakene til at man normalt har to ører. De gjør jobben perfekt og man behøver nødvendigvis ikke å høre like godt på begge for at de skal utføre den jobben rimelig bra, ganske genialt, eller hva?

Hva vil skje hvis brillene totalt blir avskaffet og erstattet med linser eller lignende oppfinnelser, hva vil man da benytte nesen til annet enn å lukte med? Kanskje den da over millioner av år vil degenereres og helt til slutt forsvinne. Nei forresten, luktesansen er nok utrolig viktig, og grei å ha.

Ellers er den som regel i veien, tenk bare på bokserne. "The Nobel Art of Self Defence". For dem er nesen bare i veien.

Er det ikke noe med at de opererer vekk brusken i nesen så den gir etter for en fulltreffer?

Hva med uttrykket "ben i nesen"? De fleste tar dette som et kompliment, men hva med bokseren?

Hvorfor den ellers stikker ut er vel også for at hvis den ikke gjorde det ville det ikke bli greit å pusse den og litt opprensking må man jo av og til foreta.

Neser av alle kategorier, her skal jeg være forsiktig.

Den krumme, karakteristisk for....? Den med klengenavnet ørnenese. Oppstoppernese, det er som om neseborene stirrer på deg. Brede, smale, store og små, dette gjør så vidt jeg vet ingen forskjell på luktesansen.

Men at det er stor forskjell på luktesans er klart. Likeledes er det klart at de fleste dyrearter har langt bedre luktesans enn oss mennesker, men så har de da også normalt en annen utforming av nesen.

Igjen, lyder ikke dette logisk, jeg har aldri sett dyr med briller, så hvorfor skulle de da ha neser som oss. I den sammenheng er det mennesket som er degenerert med dårligere luktesans og med behov for briller.

Den mest fantasifulle nesen av alle er den som har en tendens til å vokse i lengde når det gås på akkord med sannheten. Den tilhører bare en, og han er uforglemmelig for oss alle, nemlig Pinokkio. Historien ble satt på papiret av italieneren Carlo Collegio i 1883.

Luktesansen ja, vin eller Cognac glasset som føres til munnen, de fleste neser er perfekt tilpasset for å ta inn aromaen sammen med de edle dråper, når glasset heves mot munnen. Dette gjelder selvfølgelig i ekstra sterk grad Cognacens aromatiske mangfold.

Hvordan ville glassene være utformet hvis nesen ikke hadde denne egenskapen, eller hvordan ville nesen se ut hvis den ikke kunne takle denne oppgaven?

Hadde ikke naturen funnet en fornuftig løsning på det problemet ville nok mange av oss se annerledes på tilværelsen.

Resultatet av eksempelet med vin og Cognac glasset skjer i de fleste tilfeller ved et samspill mellom smilende øyne, og uttrykt tilfredshet.

Ja, kun i de fleste tilfeller, da for eksempel dårlig vin eller for den saks skyld andre dårlig luktende drikker, ville frembringe andre, helt klart registrerbare uttrykksformer.

"Ikke stikk nesen din bort i noe du ikke har noe med", er vel ikke bokstavelig ment, men alle forstår hva som menes.

Hun eller han har nese for et eller annet. Dette er heller ikke bokstavelig ment, men gir klart uttrykk for at vedkommende, ja, har nese for det det gjelder.

Selv bruker jeg i dag briller, hører dårlig på det høyre øret og bruker høreapparat. Jeg er derfor svært begeistret for arrangementet som det er, spesielt med nesen, men også med ørene som er gode støttespillere for både brillene og høreapparatet.

Duo

Et symbol på vår tilstand i dagliglivet-
er nok, at vi ofte trekker på smilet.

Når nøden er størst, man lever i håpet,
men slåss om den siste rest av en såpe.
GM

Nysgjerrighet
Mars 2013

"Undrer meg på hva jeg får å se, over de høye fjelle?". Hvem som skrev dette husker jeg ikke helt sikkert, men mener det var Bjørnstjerne Bjørnson. Etter min mening symboliseres her nysgjerrigheten. "Øyet møter nok bare sne". Antagelse, intet sikkert, hva annet, nysgjerrighet. Hva så med om det var Bjørnson eller en annen som skrev teksten, er jeg ikke nysgjerrig på det?

Egentlig ikke, har antagelig ikke kapasitet til å være nysgjerrig på alt, det ville bli alt for tidskrevende.

Det må prioriteres.

Måtte for denne refleksjonens skyld allikevel sjekke, og jo da, riktig nok, det var ham.

"Rundt omkring står det bare tre, ville så gjerne over;- tro når jeg reisen vover?"

Man skulle etter dette tro at alle har noen områder som man er nysgjerrig på.

Hvis det er noe riktig i dette så er vi alle nysgjerrige Men for de fleste av oss dreier det seg vel da om nysgjerrigheten tilhørende de områder vi føler sterkt for, eller som vi er spesielt interessert i. Med andre ord er det ikke et spørsmål om man er nysgjerrig eller ikke, vi er nok alle nysgjerrige i større eller mindre grad.

Betyr dette at hvis man ikke har evnen til å stille spørsmål, hvis man er likegyldig til å finne svar på spørsmål man selv har, eller om man ikke har spørsmål i det hele tatt, ja, så mangler man nysgjerrighet?

Antagelig ja, men igjen, de fleste finner sikkert innen sine interesseområder forskjellige måter å vise sin nysgjerrighet på og derved få svar på sine spørsmål.

Sikkert ikke noe galt med det, vi skal jo så visst ikke alle være like.

For min egen del er nysgjerrighet likestilt med det å være, det å leve.

Jeg ser det som en av drivkreftene, det som får deg til å sette en fot foran den andre i dagliglivet. Nysgjerrighet er drivkraft til fremdrift.

Glem den nysgjerrigheten som går på å stikke nesen sin i andres saker, den kommer det sjelden noe godt ut av og det man eventuelt kan lære av det kan man godt være foruten.

Det er den nysgjerrigheten som starter med "hvorfor?" som etter min mening er den viktige.

Igjen, stiller man ikke spørsmål forblir man er ensporet, man stopper opp og kommer ikke videre? Det er godt at jeg er kommet til at vi alle har grader av nysgjerrighet.

I november 1994 skrev jeg refleksjonen "Hvorfor?".

Når jeg der refererte til hendelser under min skoletid i Italia som 17-18 åring, var jeg nok ikke meg selv så bevisst som senere i livet. Derfor stilte jeg spørsmål om, sitat: "Hva kommer det av at vi svært ofte stiller spørsmålet, Hvorfor? Er det fordi vi er nysgjerrige, eller fordi vi er uvitende?"

Jeg la en helt annen vinkling på "hvorfor?" den gangen enn senere, men kanskje det allikevel var med på å bevisstgjøre den betydning jeg legger i dette ordet nå.

Vinklingen den gang gikk mer på språk og kommunikasjon enn på den generelle betydning av nysgjerrighet som drivkraft for fremdrift.

Kan man være nysgjerrig på nysgjerrigheten, eller blir dette smør på flesk? Ender man i så tilfelle i en uendelig sirkel?

Er man nysgjerrig på ett eller annet, uten å ha funnet svaret, kan man selvfølgelig anta et svar og så fornye nysgjerrigheten på det grunnlag.

Jeg har alltid hatt sans for tekniske utfordringer og har i all beskjedenhet funnet løsninger på flere slike. Som man ser kaller jeg dem tekniske utfordringer, ikke tekniske problemer, og disse løsningene har ført til både patenter og produksjon av produkter.

Betegnelsen problemer er negativ, mens utfordringer trigger til løsninger.

Dette sidesporet er en helt annen sak, men jeg er overbevist om at alle som har vært i nærheten av å drive produktutvikling vil være enig med meg i at skal man på noen måte finne tilfredsstillelse i dette, må man være nysgjerrig og da med den ovenfor nevnte vinklingen på "hvorfor?".

Nysgjerrighet er en vesentlig drivkraft til all fremdrift.

Jeg er nysgjerrig på om noen i det hele tatt har fått noe fornuftig ut av dette, men er allikevel ikke så interessert at jeg vil stille spørsmål om det.

Det kunne jo ende med at jeg dermed får meg en smekk over fingrene som vil redusere min nysgjerrighet, og som man har forstått vil jeg nødig miste den.

Om å angre.

Jeg angrer på lite av det jeg har gjort,
for heldige meg, jeg glemmer så fort.
Jeg angrer mer på det jeg ikke gjorde,
alt det som kunne blitt til det riktig store.

Gi mennesker sjangser - og sjangser igjen,
jeg holdt alltid døren litt på klem.
Ja, det har kostet mer enn det smakte
og ting har til tider gått alt for sakte.

En tøffere holdning med krav, konsekvenser-
ville det vært svaret som utvidet grenser?
Utvilsomt på kort sikt men hvor er det styrke,
hos den som grundig behersker sitt yrke.

Til det trengs praktisk erfaring og tid,
det trengs modning, innsats og mye giv.

1994

Oscars konfirmasjonstale

August .2011

Kjære Oscar

Dette er din og bare din dag. Du bestemte selv at du ville konfirmeres og det synes jeg var en riktig avgjørelse. Håper ikke det bare var tanken på presanger som fikk deg til å ta skrittet til en kristen konfirmasjon. Selv valgte jeg ikke å bli konfirmert og har derfor ikke kjennskap til hvor dypt det religiøse stikker i handlingen, men uansett kan det aldri skade og ha vært gjennom prosessen.

For de fleste kommer det en eller annen gang situasjoner i livet hvor et gudsord med på veien ikke er å forakte, eller i et hvert fall hvor en bønn kan trøste.

Sjokket som vi alle opplevde den 22nde juli gjør det lett å forstå dette.

Vel, det kanskje ikke alle vet, er at i Norge ble konfirmasjon påbudt ved lov i 1736. Var man ikke konfirmert før man fylte 19 år kunne man straffes med både tukthus eller gapestokk.

Ikke nok med det, man fikk ikke avtjene militærtjeneste, gifte seg, være fadder ved dåp eller vitne i retten uten konfirmasjons-attest.

Dette påbudet varte frem til 1912 hvoretter konfirmasjonen ble frivillig og alle straffebestemmelsene opphevet.

Ordet konfirmasjon kommer fra det latinske "confirmare", som betyr "å bestyrke, bekrefte". Hvem som bekrefter hva, har jeg forstått varierer mellom de forskjellige trossamfunn, men det kjenner jeg lite til og skal ikke dvele ved.

Det vesentlig er nok at de fleste av oss oppfatter konfirmasjonen som overgangen fra barndom til voksenalder og fint er det.

Det er bare en hake ved dette Oscar, nemlig at du ikke fra i morgen av plutselig er voksen, selv om du nok gjerne skulle ønske deg det.

Her er det snakk om en glidende overgang, og det er deg selv som bestemmer hvor lenge denne overgangen skal vare.

Du bestemmer selv ved din daglige opptreden og holdning hvordan og når de forskjellige faser i overgangen skal nås.

Som "dommere" har du mamma og pappa, som du naturligvis ikke alltid vil være enig med. Med andre ord blir det i den sammenheng liten forskjell fra tidligere. Dette er helt vanlig og normalt.

Det du i tiden fremover vil bli deg mer og mer bevisst er at du ved de forskjellige korsveier får en stadig bedre forståelse for hvorfor "dommerne" bestemmer som de gjør. Alle, absolutt alle avgjørelser "dommerne" tar, tar de med kjærlighet og med bare en tanke i hodet, nemlig at det skal være til det beste for deg. Du kan gjerne oppfatte det som noe annet, og selvfølgelig kan de også en sjelden gang dømme feil, men du vil etter hvert få større forståelse. Vi har alle vært gjennom prosessen.

Det er det som kjennetegner at du glir inn i voksenalderen.

Nå er det ikke slik at du ikke har erfaringer fra før du ble konfirmert, selvfølgelig har du det.

Du har i flere år vært i overgangs-prosessen.

Tenker i den sammenheng på tilfeldighetene som gjorde at Granni og jeg traff deg i Paleet første gang du var på utflukt med klassen nede i byen.

Alle møter vi uendeligheter av ting som skjer for første gang i livet vårt, og det gjelder så lenge du lever.

For noen varer overgangstiden mellom barndom og voksenalder i lang tid, mens for andre går det fortere.

Du er og har vært heldig, utrolig heldig med dine "dommere". Her vil jeg gjerne tilføre at de også har og har hatt flere "meddommere", ikke minst en i din gudfar John, som jeg vet har vært og er en fin støttespiller for deg.

Du har vokst opp med en mamma og pappa som har stor bredde med god erfaring i utfordringer, men de vet også hva motgang betyr.

En dag vil du forstå og erkjenne at det er gjennom utfordringer og motgang man lærer og vokser, ikke så mye når man surfer i medvind.

Du har kommet lett til mye, men du har også allerede møtt dine utfordringer. Så langt ser det ut som om du takler disse på en fin måte, men her som i alle andre situasjoner i livet dreier det seg om aldri og gi opp.

Det er ingen grenser for hva du kan få til Oscar, men det er viktig at du fokuserer på hva du ønsker å oppnå. Prøv og sett deg i den situasjon at du har oppnådd noe du ønsker å oppnå. Smak og kjenn på følelsen og spør deg selv om resultatet ble slik du tenkte deg det skulle bli?

Hvis du ikke er fornøyd er det ingen skam å snu eller prøve en annen retning.

Nå har det seg slik at det ikke nødvendigvis er riktig å kjempe med nebb og klør for at overgangen mellom barndom og voksenalder skal bli kortest mulig, den bør bare bli riktigst mulig.

Først når den, overgangen, er riktig, vil du føle den trygghet som er god å ha når du senere skal ta viktige avgjørelser, både for deg selv og for andre.

Det er noe som heter at gode råd er dyre. Jeg er ikke så sikker på at det alltid er riktig. Er du oppmerksom og våken kan mye tilfalle deg gratis.

Ingen kan gi deg oppskriften på et lykkelig liv og ingen kan si at gjør du sånn og sånn så vil alt gå bra. Selvfølgelig kan det sies, men hva med resultatet?

Det er igjen deg selv som det kommer an på.

Vær nysgjerrig på livet, ja vær nysgjerrig på alt. Still spørsmål, vær aktiv å la ikke verden passere revy uten engasjement.
Grip mulighetene når de er der.
Bruk men ikke misbruk.
Vær åpen, husk at intet kommer noe inn i en lukket hånd.
En regel som aldri slår feil er at hovmod stå for fall.
Smil selv om det ikke alltid er like lett.
Vær høflig og oppmerksom og ikke glem betydningen av å være en god lytter.
Lær deg språk og bruk dem til å få innsikt i andre kulturer.
Oppfør deg mot andre som du forventer at de skal oppføre seg mot deg.
Vær deg ditt ansvar bevisst i alle situasjoner, men samtidig, ikke glem at du har et liv å leve.

Med disse rådene som noen av dine leveregler, samt en rimelig etterleving av de ti bud som du sikkert har fått "brushet" opp under forberedelsen til konfirmasjonen, skulle du være godt rustet Oscar, til å møte den verden som ligger åpen for dine føtter.

Granni og jeg er veldig glad i deg og jeg er stolt av å være din Bappi.

En skål fra oss alle med de beste ønsker til deg Oscar.

Oslo 4.8.2011

Overganger og milepæler

April 2014

Overgangen fra noe og til noe annet skjer gjennom hele livet. Milepæler kalles ofte skille fra en tilstand til en annen i planlegging eller beskrivelse av prosjekter. For meg er det like naturlig å benytte uttrykket milepæler ved angivelse av merkedager i livet, selv om det kanskje ikke er helt i henhold til boken, og det holdes ofte festtaler ved de mer betydningsfulle milepælene for å understreke deres betydning.

Overgangen fra å være et navnløst barn til plutselig å ha et registrert navn, skjer på dåpsdagen. Overgangen fra å være i barnehage til å begynne på ordentlig skole er en merkedag og en milepæl, for ikke å snakke om når man senere skifter skole. En rekke andre merkedager utover i livet blir milepæler som det senere refereres til.

Konfirmasjonen er for mange en betydningsfull milepæl, og naturlig nok stiftelsen av en familie, mest normalt ved inngåelse av ekteskap. Deretter starter det normalt igjen med barn, dåpen og konfirmasjon før den nye generasjonen gjentar runddansen.

Selv om mange lever i et samliv uten at ekteskap er inngått, er det vel slik at de fleste familier er fundert i registrerte ekteskap. Riktignok er det en stor prosent av disse som oppløses, men ikke flere enn at det stadig er de som feirer milepælene ved både sølv, gull og en sjelden gang platinabryllup; overganger og milepæler igjen.

Selvfølgelig er milepælene i andre samlivsformer enn ekteskap like betydningsfulle for dem det gjelder, sikkert ingen forskjell på det, og milepælene feires.

Mange ser vel også overgangen fra ett år til et annet som en milepæl med dertil hørende gode ønsker både for seg selv og andre. Vår verden er fremdeles stor og ikke alle feirer den milepælen på samme dato. Det spiller selvfølgelig mindre rolle bare den markeres.

Fødselsdager hører også med og er viktige milepæler for å holde orden på utviklingen, men teller nok for de fleste av oss mindre jo eldre vi blir.

Først ønsker man bare å bli voksen hurtigst mulig, mens man i godt moden alder gjerne skulle hatt skivebremser med ABS for å slakke på farten.

Det er denne siste overgangen jeg gjerne vil dvele litt ved.

Ettersom jeg selv nå blir syttifem år i mai og for alvor har stiftet bekjentskap med reparasjons-alderen, gjør jeg meg unektelig noen tanker om utviklingen.

Vi vet vel alle at den såkalte biologiske oppover turen normalt når sitt høydepunkt når man runder de førti. Deretter går det gradvis utfor bakken, enten man vil det eller ei. Ikke det at vi blir mindre effektive, eller umiddelbart føler dette på kroppen i form av mindre spenst og ytelse, det er bare slik at overgangen normalt skjer i så sakte tempo at vi ikke merker det og godt er det; men at overgangen skjer er ufravikelig.

Hvorfor vi normalt ikke blir mindre effektive, er antagelig fordi vi kompenserer med oppnådd erfaring og så er det jo selvfølgelig det faktum at vi blir klokere etter hvert som vi sakte men sikkert glir inn i den mer modne alderen, er det ikke det? Det har sine bestemte gode sider å være "Vintage".

Selv kan jeg ikke huske at jeg hadde noen "førtiårs-krise". Hadde det nok alt for travelt til å registrere det selv i hvert fall, men det kan jo godt hende at andre gjorde det. For mange kan den krisen være svært alvorlig og gi store utfordringer både for dem selv og omgivelsene.

Det er sikkert sterkt divergerende oppfatninger når det gjelder den svært så personlige "førtiårs-krisen" og hva den egentlig representerer. Jeg er av den oppfatning at for mange, og kanskje helst for kvinner, kommer denne krisen hvis den i det hele tatt kommer, ofte som et resultat av at barn nå frigjør seg. Hun har ofret alt for dem i oppveksten, kanskje ikke jobbet og derved skapt en kollegial omgang å støtte seg til og så står hun der, lett panisk, med en rekke udekkede behov som så gjerne skulle dekkes inn.

Jeg tror neppe at noen ser på disse eksemplene som milepæler som bør feires, men det kunne kanskje være en god ide å markere dem når man føler at de er overstått?

Kvinners overgangsalder kommer neppe på noe bestemt tidspunkt, men sies å inntreffe i alderen førtifem til femtifem. Den går heller ikke bort i en fei, så det er simpelthen en tilstand både den det gjelder og omgivelsene må lære seg å leve med.

Den overgangen forbigår man vel også helst i stillhet uten å lave den til en milepæl?

Innen politikk og det offentlige styre og stell refereres det stadig til overganger og milepæler. Regjeringsskifter skjer ved jevne mellomrom, altså normalt overgang fra noe eksisterende til noe nytt. Overgangen blir en riktig milepæl når skifte skjer mellom to politiske ytterligheter. Det feires i stor stil, i hvert fall i den seirende leir, selv om situasjonen for de fleste vanlige borgere ikke føles som merkbare overganger.

Merkesaker som kvinnelig stemmerett og likestilling er eksempler på saker i samfunnene det gjelder som tas alvorlig, og etter hvert som målsettinger nås blir disse også til milepæler som det senere refereres til.

Norge er visstnok internasjonalt stadig å betrakte som verdens mest likestilte samfunn.

Når det gjelder sportslige overganger fokuseres det mest på fotball-utøvere som overgår fra en klubb til en annen, med de dertil hørende svimlende beløp som skifter hånd.

Derved ikke sagt at slike overganger ikke skjer i andre sportsgrener enn fotball, men vi hører mindre om det.

I betydningene *merkedager* og *vendepunkt* var nok for meg overgangen fra å ha to døtre til bare å ha en, den hittil største milepæl i mitt liv.

Hvis du ikke retter opp dine grunnleggende feil i golf,
blir du aldri en rimelig god spiller.
GM

Prestisje
April 2013

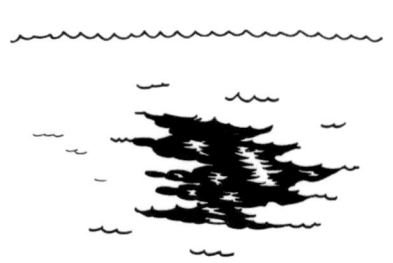

Her dreier det seg om egen anseelse og da blir det både svært personlig og vanskelig. Det er dessverre slik at det som blir personlig lett kan utvikle seg til å bli ubehagelig. Man tråkker inn i en beskyttet verden, en annens verden. Man tenker kanskje at man ikke har rett til å gjøre det, men er det riktig, eller har man det?

For noen har ordet prestisje i det daglige ingen mening i det hele tatt, mens for andre er det nettopp prestisje hver eneste time på dagen, året rundt, som teller. Det er den prestisjen jeg vil dvele litt ved.

Har opplevd flere sider av den og må innrømme at erfaringene ikke udelt har vært positive. Ikke fordi de har betydd noe for meg, men jeg synes å ha sett hvordan prestisjeopptatte mennesker seiler i sin helt egen verden. Om de er seg det bevisst eller ikke får være opp til den enkelte, og kanskje virker prestisjen som et beskyttende skall, noe man kan skjule seg bak for ikke å bli gjennomskuet? Kanskje det nettopp er prestisjen som får dem til å fungere i dagliglivet? I så tilfelle er det selvfølgelig godt for dem.

Det viktigste er ikke hva de selv representerer, men hva de mener det er viktig at omverdenen ser i dem. Det rare er at hvis de ikke møter mennesker med den samme oppfatning av prestisje som de selv har, så drar de til med hele våpenarsenalet, da gjelder det virkelig å etterlate seg et prestisjefylt inntrykk.

Er det for å imponere, eller igjen, er det for å skjule noe?

Det er ofte ikke grenser for hva man får høre, og ofte er det visse yndlingstemaer hos den enkelte som går igjen og som det stadig refereres til.

Har tenkt på om det ligger noe dypere i dette. Er det slik at mennesker som, selv om de har fått med seg det meste i verden, allikevel mener det er viktig å gi inntrykk av at de har fått med seg mer enn de egentlig har. Er det et innebygget savn, og kanskje i tillegg behovet for å skjule noe, som må tilfredsstilles?

Dette har foreløpig dreiet seg om den prestisjen som går på det verbale, men det er bare en av en rekke nyanser av prestisje.

Uttrykk som; "det gir vedkommende prestisje", eller, "det er en prestisjefylt posisjon" taler for seg selv og dømmer ingen; brukt i slike sammenhenger legges det ingen negative tanker til grunn.

Hva så med den prestisjen som går på trender og status. Trender er vel egentlig noe som normalt hører med til den yngre generasjon og de er vel sjelden kommet så langt i livet at prestisjen slik jeg ser den, har fått rotfeste i bevisstheten. De skal bare ha det eller det fordi andre har det og fordi det er trendy.

Har nok litt problemer med å se forskjellen på prestisje og status, men, en forskjell må det vel være.

Kampen om en sosial status for eksempel, går mer på det at man gjerne vil leve opp til andres situasjon, et ønsket om å være på linje med?

Statussymbol heter det når man utad gjerne tilegner seg disse i form av prestisjefylte biler, båter etc. Den form for prestisje sitter nok svært dypt hos mange.

Husker godt når min, den gang samboer og ett år senere kone, fikk sin første Hyundai Coupe i 1997. Hun kjøpte den etter min anbefaling. Jeg hadde vært på en runde blant Oslos bilforhandlere sammen med min svigersønn for å titte på utvalget. Husker ikke navnet på forhandleren, men vi fikk øye på en bil jeg synes så stilig ut, på parkeringsplassen utenfor. Den viste seg å være en Hyundai Coupe som tilhørte salgssjefen og var visstnok den eneste i sitt slag man hadde importert.

Snakket med min samboer i Spania samme ettermiddag på telefonen og hun gikk, uten at jeg visste det, straks i gang med lokale undersøkelser.

Hun fikk ved en tilfeldighet vite at en bilforhandler i byen Cuevas del Almanzora, en halvtimes kjøring fra der vi bodde, hadde fått agenturet på Hyundai. Hun bestilte bilen usett og fikk den levert allerede etter fjorten dager.

Overraskelsen var stor da hun møtte meg på flyplassen med sin nyanskaffelse, da mitt norgesbesøk var over. Hun hadde ikke nevnt noe for meg om kjøpet.

Hun har senere hatt to til av typen Coupe og skiftet bare for noen måneder siden til en mindre modell, i 30. Jeg har selv hatt to Hyundai Santa Feer, den siste hadde jeg i sju år og vi kan ikke nok få gitt uttrykk for hvor fornøyde vi er og har vært.

Jeg er ikke betalt av Hyundai for disse superlativer, selv om det kanskje kan virke sånn.

Nevner ikke hvilket bilmerke jeg kjører i dag, kanskje det kunne rokke ved min innstilling til prestisje.

Hvor kommer så prestisjen inn? Jo, det tok flere år før man i Norge snakket åpent om bilmerket Hyundai. Man så heller ikke mange på veien og det var så vist ikke noe prestisje eller status i å kjøre dette merket, nærmest flaut. Prestisje og status var å kjøre Audi, Mercedes og BMW; da mente man å være på den riktige siden.

Etter hvert kom det flere Santa Feer inn i drosjetrafikken og i dag snakker man antagelig om både Kia og Hyundai som kjørbare doninger, men prestisje er det ikke å kjøre noen av dem, i hvert fall ikke i Norge.

Nei, denne likhet eller forskjell på prestisje og status finner jeg visst ikke ut av, så jeg får prøve å holde meg til den rene prestisjen.

Kan ikke dy meg for å nevne et eksempel som må ha sittet svært dypt. En arbeidssituasjon som en venn av meg, en arbeidsgiver, en gang fortalte om.

I en vanskelig økonomisk periode var det nødvendig å gå til oppsigelser.

Vedkommende det dreide seg om og som hadde en høy stilling, hadde i mange år utført en upåklagelig innsats i firmaet, men så opprinner altså dagen hvor hans oppsigelse måtte komme. Vedkommende, som forstod den økonomiske bakgrunnen for at det måtte skje oppsigelser, kom med tilbud om både og gå drastisk ned i lønn og gjerne skifte stilling internt, men for all del, tittelen måtte han få beholde.

Her er jeg kanskje tilbøyelig til å trekke den slutning at det må ha vært hans sosiale status som sammen med prestisje lå til grunn.

Her er vi igjen, prestisje og status.

Mer jordnært, i 2002 skjedde det største oljeutslipp i Spanias, Portugals og Frankrikes historie, så lang. Hundrevis hvis ikke tusener av kilometer med strender ble tilgriset når den enorme tankeren brakk i to og gikk ned utenfor kysten av nordvest Spania. Tankerens navn var "Prestige" og 63000 tonn olje gikk til spille.

Prestisje gir etter min mening ingen garanti for noe som helst.

Rynker

September 2012

Hva har rynker å gjøre med den Norske Nasjonalsangen? Direkte, absolutt ingen ting, men noen assosiasjoner slår en. Den Norske Nasjonalsangen: ja, vi elsker dette landet, ble diktet av Bjørnstjerne Bjørnson i 1859 hvert vers starter med: ja, vi elsker dette landet og det jeg har i tankene er fortsettelsen i et av versene, nemlig vers nummer to. Ja, vi elsker dette landet som det stiger frem, furet værbitt over vannet med de tusen hjem.

Når det her snakkes om furet og værbitt så går nok det direkte på landet som sådan, ikke så mye på menneskene. Jeg finner det imidlertid vanskelig å tro at Bjørnson, den gang han diktet sangen, ikke hadde en klar oppfatning av at land og mennesker på mange måter går i ett.

Furet og værbitt, sett i tiden når Bjørnson skrev Nasjonalsangen, og konvertert til menneskene, står for meg som trausthet, soliditet og utholdenhet.

Furet; ser for meg ansiktet til mennesket som gjennom et langt liv har trosset livets mange utfordringer, og værbitt som et resultat av å ha stått på gjennom all slags vær.

Man preges av det. Utholdenhet er på mange måter det samme som å ikke gi opp, også en avgjørende ingrediens i livets kontinuitet.

I Norge skal man nok langt ut på landet i dag før man møter mennesker av den furete og værbitte typen, men de finnes, og jeg tror det er flere av dem en vi aner.

Derved ikke sagt at man må være furet og værbitt for å være traust, solid og utholdende.

Livet er bare blitt litt mer raffinert enn den gang. Kravene er blitt større når det gjelder alt, ettersom markedsføring gjennom titalls år har presser frem moter og trender.

Tror ikke kampen mot rynkene hos den jevne borger var særlig utbredt i midten av attenhundretallet.

Fordi om det er akseptert at for eksempel en skjorte ikke skal være rynkete, betyr ikke det at alt må være rynkefritt for å være bra.

Vi vet jo alle at man foreløpig ikke har oppfunnet det ideelle strykejern for å glatte ansiktet, ja, for det er jo rynker i ansiktet spesielt kvinner er mest opptatt av, er det ikke det? Menn bryr seg så vidt jeg vet normalt ikke så mye om det?

Så er vi der, ved kjernen. Vi vet alle at hvis man bare lever lenge nok, ja, så kommer rynkene. Først kanskje de i pannen. Ikke alltid og bare på grunn av bekymringer, de kommer bare helt naturlig.

Så har vi smilerynkene, de som man nok i noen grad selv kan påvirke utviklingen av. Det er vel antagelig en grunn til at man kaller dem smilerynker. Gå bare til speilet og dra opp et smil. "Smil til verden og den smiler tilbake", heter det. Riktig nok, men jo mer du smiler jo flere smilerynker.

Gjerne, litt senere i prosessen, kommer rynkene rundt munnen. De kommer nok også bare av seg selv, som et resultat av alder.

Hva ville man så gjøre hvis man med et trylleslag fikk utviklet det strykejernet som fjernet alle disse rynkene?

Et glatt ansikt på toppen av en gammel kropp. Ok, det meste av kroppen kan man jo til daglig skjule med påkledningen, men til enhver tid å gå med høyhalset genser eller skjerf kan nok bli rimelig strevsomt.

Tenke seg til kontrasten med de skrukker som etter hvert utvikler seg under haken og det hel-glatte ansiktet.

A-ha, sier noen nå. De under haken og for den saks skyld mange av de andre i ansiktet kan man jo til en hvis grad få bukt med ved såkalt kirurgiske skjønnhetsinngrep, eller ansiktsløftninger, og det er riktig.

Det brukes årlig milliarder til alle former for kremer og innsprøytninger, vitaminer og massasjer, for å bøte på det som av naturen er ment til å skulle følge oss til vår siste dag, igjen vel å merke hvis vi lever så lenge.

Selvfølgelig er jeg for at man i rimelig grad skal stelle med disse utfordringene etter hvert som de kommer, men ha hele tiden i bakhodet at dette er en naturlig prosess, som hvis det gjøres feilgrep, på det dypeste vil påvirke ens personlighet og da sjelden til det bedre.

En helt annen sak er at jeg synes en rimelig grad av rynker bare fremheve-personligheten.

Samvittighet
November 2012

La meg med en gang slå fast at dette er et meget ømtålig tema. Samvittighet er vel antagelig det mest tøyelige begrep ettersom blant annet både moral, skjønn og følelser alltid er involvert. Alle ser samvittighet ut fra sitt skjønn og sine egne moralnormer, så dermed understrekes tøyeligheten.

I min book "Tanker", skrev jeg blant annet om samvittighet. Jeg antar at samvittighet er noe vi alle i en eller annen form er opptatt av. Om det gjelder god eller dårlig samvittighet, så er den med oss som en del av vårt daglige liv.

Så er det også noe med fortrengsel av den dårlige samvittigheten, og den fine varme følelsen av den gode.

Det kan dreie seg om samvittighet som gjelder viktige ting eller bare dumme små ting, men vi har allikevel følelsen av at den er der".

Den gang mente jeg som jeg skrev, at vi alle i en eller annen form er opptatt av samvittigheten. Nå, neste 12 år senere har jeg nok revidert dette noe som man vil se litt senere, hvor jeg tilkjennegir at mange nok ikke har samvittighet i det hele tatt.

Vi har selvfølgelig lover som, i våre demokrati i hvert fall, er tenkt som klare retningslinjer for hvordan vi skal oppføre oss i nær sakt alle situasjoner. De er der til vårt eget beste sier de som har laget dem, men selv om det sikkert i det store og hele er riktig, tror jeg nok at de fleste synes vi overkjøres av lover og forordninger og mange av dem er det de færreste av oss som virkelig forstår.

Greit nok med de lover og regler vi til daglig stifter bekjentskap med, for eksempel i trafikken. Her er det et spørsmål om å redde liv og å redusere skader.

Hver enkelt av oss vurderer hvordan reglene skal følges ut fra skjønn og samvittighet.

Skjønnet går oftest på, spesielt med mine senere mange års kjørerfaring i Spania, at 40 grensen er nok der, men betyr mellom 60 og 80. 120 grensen på motorveiene betyr minimum 130, og praktiseres gjerne nærmere 150 og med mange unntak over 170.

Full stopp skiltene tolkes av mange som: bare kjør hvis veien er fri. Spesielt i småbyene betyr enveisskilt, for det meste av de lokale innbyggere: bare kjør hvis ingen andre kommer mot deg og du derved kan komme fortere frem til bestemmelsesstedet.

En stekt utbredt sport blant de som for det meste ligger rundt 150 på motorveien er å se hvor nærme de kan komme bilen foran uten fysisk kontakt.

Må forøvrig innrømme at det er blitt langt bedre med respekten for fotgjengerovergangene. Det er ikke lenger en sport å se hvor nær fotgjengeren man kan komme uten å treffe.

Nei da, det meste går da fremover.

Alle forannevnte eksempler går mer på skjønn enn på samvittighet.

Etter deres eget skjønn handler de riktig

Det var skjønnet, men hvor kommer så samvittigheten inn, ja, hvor kommer den inn i dette bildet?

Mange har ikke samvittighet i det hele tatt, så de kjører i sin egen verden uansett, mens mange nok har samvittighet; men den er ofte svært dypt begravd og kommer ikke frem før ulykken er ute og det er for sent.

For hvem eller hva skulle man ha samvittighet for i trafikken?

Jeg vil nødig bli oppfattet som en helgen i denne sammenheng, for det er jeg ikke, men ta for eksempel promillekjøring.

Der er jeg helt konsekvent og kan referere til at siden jeg var vel 20 år gammel og frem til den første tiden jeg kom til Spania i 1983, var det aldri snakk om så mye som et glass når bilen var transportmiddel.

Men tingene forandret seg nok i noen grad den gang i Spania, et glass eller to til maten og en brandy til kaffen, hindret en ikke i å kjøre hjem.

Tok man en tidlig morgenkaffe i den lokale baren, var det ofte man så politiet med sin "carajillo", kaffe med brandy, før dagens arbeid satte inn.

Mener at man var seg meget bevisst, kjørte ekstra forsiktig og uten at samvittigheten plaget en, men det ville være løgn å si at jeg i begynnelsen og frem mot slutten av nittiårene, hvor jeg bare kom på sporadiske besøk, fulgte mine norske vaner.

Etter hvert som reglene ble skjerpet også her, med jevnlige kontroller, har imidlertid alt forandret seg. I dag er det nok for de fleste utenkelig i det hele tatt med kombinasjonen kjøring og alkohol og sånn skal det være.Om det er samvittigheten eller det moralske ansvar for å skade andre, eller for ikke å snakke om det som kunne være enda verre vet jeg ikke, men desto bedre hvis det har å gjøre med begge, at man velger den totalitære linjen.

Kanskje det allikevel er de små gode eller dårlige samvittighetene det meste dreier seg om. De store blir ofte så overveldende at hvis man først har samvittighet så prøver man "strutseleken". Hodet i sanden og lat som de ikke er der.

Har noen prøvd å se på, eller rettere sagt prøvd å telle sine gode og dårlige samvittigheter. Jeg lurer på om man kunne lage en form for norm som sier at man med en så og så stor prosent av de respektive, ville være innenfor akseptable rammer og normer?

Antagelig ville dette bli for komplisert, og samvittigheten bør for øvrig ikke kunne overlates til andre, den er helt klart blant noe av det mest personlige vi har.

Jeg har i hvert fall en dårlig samvittighet, men den ønsker jeg ikke å dele med noen før jeg en dag har lagt den bak meg.

Jo mer jeg tenker på dette innser jeg at jeg også antagelig, i denne sammenheng, deltar i "Strutseleken".

Samvittighet, skjønn og moral hører sammen.

Av de ordtak jeg har sett når det gjelder samvittigheten kommer denne Persiske høyest.

"Livsglede spirer fra ren samvittighet".

På skrift

Når man setter på skrift det man tenker og mener-
kan det tolkes feil og føre til sener.
GM

San Roque
Feb. 2014

At tiden går fort er kjent for oss alle og at farten øker jo eldre man blir, er klart for oss som har fått lov til og levet så lenge.

Husken blir det også så som så med etter hvert, men det fine er at man av og til får noen glimt av opplevelser man har hatt og når disse kommer, og de er av en karakter som man gjerne vil dele med andre, står de ganske klart for en både i bilde og som hendelse.

Ellers hjelper det å ty til forskjellige oppslagsverk for å friske opp i detaljer når man mener det er nødvendig.

San Roque er et meget kjent golf sted i Syd Spania, nær Gibraltar, og det er en enkel episode derfra som jeg gjerne vil dele med andre.

Legenden Seve Ballesteros er kjent for alle golfere over hele verden for sine meritter fra 70 til midten av 90 årene.

Født i Nord Spania den 9. april 1957, samme år som jeg tok bil-sertifikat under mitt skoleopphold i Italia.

Han vokste opp i en såkalt golffamilie hvor alle i en eller annen form var involvert i golf.

I sin aktive karriere vant han blant annet 90 internasjonale turneringer. Hans såkalt Natural Golf School holder til i San Rocque Club og drives av hans bror Vicente som i mange år arbeidet som hans Caddy.

Ballesteros døde den 7. mai i 2011, bare 54 år gammel.

I forbindelse med en av flere turer til Gibraltar i den siste halvdel av nittiårene hadde vi, min kone og jeg, bestilt et par netters overnatting i San Roque.

Tanken var å spille golf og ha et par hyggelige dager der.

Vel ankommet og henvist til den bestilte lille bungalowen, dette må ha vært relativt tidlig på nyåret, oppdager vi at denne hverken er vasket, klargjort og isende kall.

Min bedre halvdel lar ikke episoder av sådan karakter passere uten handling, så det varte ikke lenge før fornyet akkomodasjon ble tilveiebragt.

Til denne del av historien må tilføyes at etter besøket skrev hun, selvfølgelig på perfekt spansk, et informerende brev til ledelsen, som umiddelbart ble besvart med uendelige formildende unnskyldninger. San Roque er tross alt 5 stjerners.

Synes å huske at det var Japanere som på det tidspunkt hadde kjøpt stedet og at en Sushi-bar og restaurant av ypperste klasse ble inntatt med stor glede den første kvelden.

Neste formiddag hadde vi bestilt starttid på "The Old Cource". Denne, som er på 6494 meter og med par 72, ble opprinnelig i 1990 tegnet av Dave Thomas, mens bunkerne på et senere tidspunkt ble oppdatert av Ballesteros. Hvordan man med sikkerhet kan konstatere at den er nøyaktig 6494 meter, hverken mer eller mindre, og hvordan målingen er gjort vet jeg selvfølgelig ikke, med som med alt annet innen golf er det sikkert også detaljerte regler for dette.

Dagen opprinner med strålende sol og vi anmelder oss til starteren på det første hull i god tid. Med all dokumentasjon i orden og begge køllesettene på golfbilen er vi klar for utspill.

Ingen andre har vist seg, så det er bare oss to som slår ut. Vi kan heller ikke se at det er andre foran oss, så dette ser ut til å bli en fredelig runde uten stress av noen art.

Tydelige skilt forteller at man kun må kjøre på de dertil konstruerte veiene langs banen og ikke på denne.

Min kone synes generelt at det er bortkastede krefter å varme opp før en golfrunde, så når vi spiller sammen blir det til at jeg også står over den for meg normalt obligatoriske bøtte med baller på "driving-rangen".

Hun spiller normalt like bra uten oppvarming, mens for meg resulterer manglende oppvarming normalt i dårlig skåring på de første hullene.

Alt ved sitt normale, det ble flere bunkerslag på hull 1 og 2.

Hull 3, det 143 meter lange par tre hullet med liten green, mye lavere enn tee stedet, gikk imidlertid greit. Imponerende utsikt mot bebyggelsen på den andre siden av dalen. Vi er klar for det fjerde.

Ingen andre spillere i sikte, 330 meter frem til flagget fra utslaget for menn og 285 for damene.

Min drive ender blant furutrærne på venstre side av fairway og litt høyere enn denne, mens min kones ligger greit til på høyre side. Ettersom veien går på høyre side tar hun golfbilen mens jeg, utstyrt med diverse køller, på tar apostlenes hester fatt mot venstre.

Det vi ikke hadde sett ved utslaget var at et høydedrag på høyre side av fairwayen skjulte et litt lavere punkt før greenen.

På min vei mot ballen ser jeg min kone stopper opp ved sin ball som ligger et godt stykke før høydedraget og gjør seg klar til å slå. Samtidig ser jeg to mennesker mellom henne og greenen, som hun naturlig nok ikke kan se.

Registrerer straks at det er Seve Ballesteros som står der sammen med en fotograf i klarposisjon, og at han tydeligvis har en wedge i hånden.

Jeg har helt fra første dag i vårt forhold kalt min kone ved hennes fornavn Euphrosine, eller, for andres forståelses skyld, my little wife, da Euphrosine jo for de fleste ikke har noen mening i det hele tatt og helt unntaksvis vil bli forbundet med et navn. Dessuten hadde jeg på det tidspunkt enda ikke fått skikkelig tak i uttalen av Euphrosine; så det ble til at jeg fikk avverget henne i å slå ved å rope:"Look out my little wife, there are people in front of you".

Etter min høylytte unnskyldning om å ha skreket, utbryter Seve med en skrallende latter: "It`s the first time I have heard someone shout something like that on a golf course".

Umiddelbart etterpå ba han med et smil om unnskyldning for at de befant seg der de var på banen, og vinket min kone gjennom.

Det ble etter denne lille episoden naturlig nok ingen par på noen av oss på hull 4.

Vel tilbake i klubbhuset nikkes det gjenkjennende når han passerer vårt bord på vei til sin tre barn og den gang kone Carmen.

Igjen et bredt smil med påfølgende: "My little wife", og med et lett rist på hodet.

Historiens riktighet forringes jo lenger tid det går fra opprinnelse til nedtegning.
GM

Skal jeg være ærlig

September 2012

Det er på høy tid at jeg nå griper tak i ærligheten og at jeg endelig får hull på denne, for meg, verkebyllen. Helt siden jeg begynte å jobbe, og det er nå riktig mange år siden, har jeg irritert meg grenseløst over uttrykkene: "Skal jeg være ærlig", "I ærlighetens navn" og "Ærlig talt". Dette har i alle år ikke bare irritert meg, men til tider gjort meg rasende, for et mer idiotiske uttrykk i den sammenheng de normalt benyttes, kan jeg ikke forestille meg.

Hvordan i all verden kan man feste tillit til en person som bruker denne form for fraser?

Det vedkommende jo klart sier er, at normal er jeg en totalt uærlig person, men i dette tilfelle skal jeg gjøre et unntak, nemlig å være ærlig. Sprøyt og atter sprøyt.

Nå er det selvfølgelig mange som leser dette, som tar seg selv i det, vel vitende om at de selv benytter uttrykket. Til dere kan jeg kun si: slutt å bruke det med en eneste gang.

Neste gang du hører en politiker uttrykke seg, så følg med. Du vil bli forbauset over hvor mye uærlighet som fremkommer.

Dette gjelder selvfølgelig ikke bare politikere.

Så kan man jo bare glatte over det hele å si at det tross alt bare er en uttrykksform.

Jeg klarer bestemt ikke a ha den innstillingen.

Mens jeg er i gang er det naturlig å ta med uttrykket: "når sant skal sies".

Hva i all verden mener man med det? Skal sannheten normalt ikke være i høysetet?

Er det slik at man vanligvis ikke skal være troverdig, at sannheten ikke skal frem? Skal den spares og bare trekkes frem ved spesielle anledninger?

Verden er i denne sammenheng, etter min mening, gått helt av hengslene.

Typisk en gammelmanns uttrykksform kan du si. Ja vel, men har du den innstillingen betyr det at du enten er likegyldig overfor ovenstående, eller at du godtar det.

Glem ikke at det kommer noen etter oss. Hva skal de tro og mene hvis vi ikke gir dem retningslinjer?

Vel, vel, talemåter vil mange unnskylde det med.

Uansett, dette gjenspeiler seg etter min mening på alt for mange måter i den daglige kommunikasjon.

Vi vil, de fleste av oss, kjempe for talefrihet. I demokratiets ånd ønsker vi det.

Samtidig opplever vi at alt dette er blitt for komplisert.

Dansker laget karikaturtegninger som støter Profeten Mohammed, mens en video produsert i disse dager er støtende for de som tilber profeten og har ham som forbilde. Hevnaksjoner med opptøyer og drap følger.

Vi lever i en verden som gir oss innsikt i alt vi måtte ønske. Hele verden er åpen for oss hvis vi er interesserte.

Hvor mange religioner og trossamfunn har vi på denne planeten? Videre, hvor mange sekter har vi med spesielle oppfatninger av hva livet bør og skal bestå av.

Spørsmålet blir til slutt og det har antagelig alltid vært sånn, hvem er sterkest, hvem vil vinne og hvilke midler vil de bruke for å vinne; eller i hvert fall rykke opp i rekkene av de foretrukne religioner og avarter av disse?

Uansett, "skal jeg være ærlig", mener jeg at enhver av oss bør få leve som vi ønsker, så vi kan gjøre det beste ut av våre liv her på jorden, alt ut fra våre forutsetninger. Men det er altså "når jeg skal være ærlig".

Denne siste fikk antagelig en slagside.

Hva mener jeg i denne sammenheng hvis jeg skal være uærlig? Hadde jeg hoppet bukk over den første "skal jeg være ærlig", tror jeg min fundamentale innstilling ville oppfattes krystallklart.

Konklusjon, eller skulle jeg heller skrive: "min ærlige konklusjon?"

Uansett, jeg mener at enhver av oss bør få leve som vi ønsker, så vi kan gjøre det beste ut av våre liv her på jorden, alt ut fra våre forutsetninger.

Det er ikke viktig om dine erfaringer er gode eller dårlige, så lenge du lærer av dem.
GM

Våpen alene løsen sjelden kriser.
GM

Det er bare gjennom egne erfaringer at man kan gjøre fremskritt.
GM

Det er bevegelser som er så enkle at de må tas alvorlig.
GM